主编　凌翔　　　　　　　　　当代作家精品·诗词卷

望湘津客家族诗词选注

张湘平◎编著

线装書局

图书在版编目（CIP）数据

望湘津客家族诗词选注 / 张湘平编著. -- 北京：线装书局，2022.12
（当代作家精品 / 凌翔主编. 诗词卷）
ISBN 978-7-5120-5317-5

Ⅰ. ①望… Ⅱ. ①张… Ⅲ. ①诗词－作品集－中国 Ⅳ. ① I22

中国版本图书馆 CIP 数据核字（2022）第 234982 号

望湘津客家族诗词选注
WANGXIANG JINKE JIAZU SHICI XUANZHU

| 编　　著：张湘平 |
| 责任编辑：崔　巍 |
| 出版发行：线装書局 |
| 　　　　　地　址：北京市丰台区方庄日月天地大厦 B 座 17 层（100078） |
| 　　　　　电　话：010-58077126（发行部）010-58076938（总编室） |
| 　　　　　网　址：www.zgxzsj.com |
| 经　　销：新华书店 |
| 印　　制：涿州军迪印刷有限公司 |
| 开　　本：787mm×1092mm　1/16 |
| 印　　张：13.5 |
| 字　　数：150 千字 |
| 版　　次：2022 年 12 月第 1 版第 1 次印刷 |
| 定　　价：79.00 元 |

线装书局官方微信

曾祖父胡贤佑像

祖父胡能贵像

祖父胡能贵祖母张秋霞像（中为张湘平幼年像）

祖母张秋霞像（左为父亲张馨）

父亲张馨母亲李贵耘像

父亲张馨像

母亲李贵耘像

二叔胡佐舜像

三叔胡毅像

四叔胡佐汤全家像

姑姑胡白玉全家像

本书作者张湘平像

序言：真正把生活过成了诗

刘火雄

前些时日，承蒙张馨先生（本名胡佐尧）来函，嘱我能否给《望湘津客家族诗词选注》书稿写篇序言。该书由张馨先生哲嗣张湘平君编著并笺释。"望湘津客"为张馨先生的雅号。

按惯例，对于类似写序之事，我通常会推脱的。此前我虽勉为其难写过几篇书稿序言，但那都是友情客串，理应责无旁贷，给友人效犬马之劳而已。

这回张馨先生的邀约，令我颇为踌躇。以年齿序，张馨先生大我一轮，属前辈，且主持过特大型煤矿建设以及南广高铁、湘桂高铁、郑万高铁建设等多项大型工程，名声在外。就作品论，对创作者、编者来说，这部"家族诗词选"应当非常具有纪念意义。为此，该书似乎由世交好友或其他德高望重的人作序更适宜。我刘某不才，更何况目前还人微言轻呢。

当我把这番顾虑向张馨先生转达之后，他并不以为意，对我的诗词创作也有谬赞，后来又致函详细说明邀约缘起。其中，张馨先生尤其提到他作为家族里第一代从农村考学出来并在城市扎根立足的大学生，在解决温饱问题以后，有志于进行家族文化建设，"既能使自己的人生留下一些痕迹，还能教育后代子孙，继续努力奋斗"；此外，便是"将为祖国和人民办的实事、游览大好河山等以诗词的形式记录下来，实现中国知识分子爱国报国的志愿","干一些于国于民于家有利的事情";"著书立说也是一种业余爱好和人生乐趣"。这些理念我都深表认同。

张馨先生不拘一格,言词诚恳。我也不是泥于礼数、墨守成规的人。这篇序至此便可以着手了。所谓"受人之托,忠人之事",当然我更期待以文会友。

通函时,张馨先生自称我们属"同乡",我平素较念旧,只不过当时没来得及细问。在收到张馨先生惠赠的大作后,我才具体得知他是湖南新化县荣华乡新安村孝芳冲人。从履历来看,张馨先生可谓全村人的骄傲。他先后在中煤第一建设集团、中铁十八局集团任职,长年奔赴大江南北,主持国家大型基建项目施工,其间当选为全国劳动模范、获天津市五一劳动奖章等诸多荣誉。除了学术专著、50多项发明专利成果外,张馨先生已出版了旧体诗词集《萍踪留影》《南诗北韵》、诗文集《青山风骨》等,成果迭出。令笔者感动甚至有些羡慕的是,张馨先生、李贵耘老师伉俪当年因爱好文学而喜结良缘,后来又合著出版了长篇小说《树蛇》《拳拳之恋》等。这样的佳话真是可遇难求。

张公子湘平君则是一名风华正茂的"90后"。他克绍箕裘,2015年赴美留学归来后,被派驻中铁十八局集团国际工程公司迪拜分公司卡塔尔项目部。本职工作之余,张湘平君同样雅好诗词创作,已出版诗词集《丝路雅韵》等,并别出心裁,著有《〈飞鸟集〉汉译七言绝句》《勃朗宁夫人〈十四行诗集〉汉译七言律诗》等。

我手头所收到的这本《望湘津客家族诗词选注》,收录了胡润魁翁、谭桂连女史、胡能贵公、张秋霞女史、张馨先生、李贵耘老师、张湘平君的诗词作品,数以百计,从中可管中窥豹,一览"望湘津客家族"耕读传家、诗书继世的绵长文脉。用张馨先生的话来说,该书"主要意义是保存资料,为家族文化建设的一个重要组成部分"。胡能贵公《暑假辣椒园劳作收工示诸儿》诗云："耕作往高看，良方借鉴宽。人生如种辣，红火并非难。"短短数语，既有田居之乐，又寓人生哲理，清新可读。谭桂连女史所制《字谜诗·耕读传家》："八岁孩童上学堂，十年名就耀家乡。谁言卖弄能成事？书海茫茫细考量。"同样别具一格。

张湘平君对所选诗作一一进行了笺注，增编了部分按语，这对于读者了解诗作的创作背景和特色颇有助益。如李贵耘老师的七绝《林中散步》有句："落日余晖荡月舟，悠悠绿径小风柔"。张湘平君笺注时特别提到，"原诗'月瘦舟'不好理解，冷阳春老师改为'荡月舟'，很好！月舟，下弦月如舟也。月如舟，瘦也"。诚然，从目前书稿来看，有些"笺注"内容或可更凝练、简约些。

拜读《望湘津客家族诗词选注》之际，我最为感佩、最在意的，当属张馨先生、李贵耘老师、张湘平君平日里浓郁的诗心诗情。他们称得上真正把生活过成了诗。

张馨先生早年师从他的高中语文教师邹息云先生学诗，其后转益多师，并且于繁忙的工作之余，吟诗寄情，仅《萍踪留影》一书便收入他1260多首诗作。2021年5月，获悉袁隆平院士逝世后，张馨先生赋诗《恸悼袁隆平院士》三首志哀，其中有言："名满全球谨自持，田畴专注一生痴。消除肚饿苍生幸，维护民和动乱离"。在诗序中，张馨先生追忆了2000年4月与袁老共同出席全国劳模和先进工作者表彰大会时的往事。原来，开会间隙，张馨先生拜访了袁老，并想请袁老为自己即将出版的专著《深立井快速施工成套新技术研究和推广应用》赐序。袁老很谦逊，自称对书稿内容"一窍不通"，不便贸然写序，但随即热情引荐住在隔壁的大飞机制造材料首席科学家钟掘院士作序，钟院士又推荐矿业一级教授刘宝琛院士作序。"二老领着我敲开了斜对门宿舍，袁老幽默地说：'刘院士，我和美女教授给你推荐一名高徒。'"张馨先生求序之事于是得偿所愿。

李贵耘老师在《小个子·大男人》这篇跋文中曾描述爱人张馨干着十几个亿的铁路工程项目，却依然穿普通布鞋，用老式手机，"还自我解嘲地说，这样的手机待电时间长，很皮实，在深山工地上非常耐用"。在李贵耘老师看来，诗歌要由那些有童心的人来写，"做工程项目管理者，腹中多些诗书是有些好处的，尤其是漂泊在各地远离亲人，博览群书犹如常与高尚的人对话，不仅有益心智，也是一种精神寄托。以读书自乐，以写诗自娱，这种高雅的爱好给略嫌寂寞的建设工地生活增添了许多亮色。况且，张馨也没有其他不良的嗜好"。张馨先生言传身教，对张公子湘平君多所熏陶，舐犊情深。张湘平君《读祖咏〈望蓟门〉》七律有句："一望烽台气势雄，书生报国请刀弓"，颇具少年豪气。原本喧腾、嘈杂的工地，在他笔端却奏出了雅乐。张湘平君在《高铁建设工地音乐》其二写道："咕咚地震爆声隆，日夜穿山阵鼓雄。越涧飞河云月伴，宏篇演奏起辽东。"他眼中的《挖掘机》："铁履旋环追皓月，钢抓昂首补苍穹。"张馨先生咏燕子、咏水泥、咏脚手架、咏石灰、咏酒、咏故乡——"最喜家乡四月天，壮牛勤奋稻秧芊。纵然布谷声声唤，游子难留共种田。"张湘平君同样善于将寻常事物写入诗词，他咏百花、咏钢筋、咏气球、咏棉朵……生活气息浓厚，颇得乃父之风。在《青玉案·咏自行车》里，张湘平君赋笔："白天我自忙如许，君立遮棚等驭。晚上墙边支盹苦。梦成车带，为行新步，憋气十分足。"我自己平时喜好填词，且经常骑自行车，却没能像张湘平君那样观察仔细、敏锐，以词来咏叹自己的坐骑。类似处，都是值得我学习的。

张湘平君还记录了许多家庭生活趣闻。《代赋鼾声》称其父张馨先生"终生坦荡宽心地，每夜眠床不带愁"，"平时细语轻言惯，梦里掀天撼地道"。据张湘平君注释，他创作这首诗作的机缘在于："2015年2月15日到22日，四叔胡佐汤一家来桓仁过春节（19日），堂弟胡祝卿写了一首新诗《大伯的鼾声》，结尾是'鼾声从主卧飘出，好像蒸汽火车鸣笛进站。'形象生动"，于是"代赋七律一首戏嘲"。这种"多年父子成兄弟"式的其乐融融，以诗的形式记录呈现出来，更别具一番情味，正所谓"人间有味是清欢"那！

拜读张馨先生、李贵耘老师、张湘平君的诗词大作，经常可见他们相互酬唱或互作笺注，共享创作的心得。《七夕寄内》《咏螺丝钉·酬答父亲》等诗作均属此类。张馨先生的《咏竹示儿》写道："十年光景快如梭，莫放人生苟且过。笋长一年材可用，书攻万卷不为多。"足见用心良苦。这种家庭成员之间平等、友好的互动，惺惺相惜，相互勉励，实在堪称许多家庭的表率。可以说，他们践行并光大了中国优良的"诗教"传统。至于《留守孩童杂事诗》《农村城市化》等诗作，则可谓"歌诗合为事而作"，将诗歌抒写的题材拓展到社会范围，与时代保持着共振。

于千万人当中，张馨先生识我于微时，信任有加，嘱我作序。我不揣谫陋，寻章觅句，以报知遇于万一，一并期待拜读"望湘津客家族"更多佳作。

2021年仲秋于京华握火轩

【注　释】

刘火雄，号潇湘子、握火轩词客，湖南郴州人，文学博士；先后就职于华南师范大学、人民日报社、南京大学等机构，主要从事书刊编辑、教学科研相关工作；著有诗词吟稿选集《曾经年少轻离别》，出版专著《邹韬奋与中国现代出版转型》《历历来时路》；译著《蜡像传奇：杜莎夫人和她的时代》(合译)，审校《疫苗：医学史上最伟大的救星及其争议》等。

第一辑　先祖诗词存稿选注

胡贤佑 004
　　桐枝词·送头孙发蒙（2首） 005
　　山田不负勤耕者 006
谭桂连 007
　　字谜诗·耕读传家（4首） 008
胡能贵 010
　　牛寨界锄玉米草午间稍休示诸儿女（2首） ... 011
　　暑假辣椒园劳作收工示诸儿（2首） 012
　　全家出槽门送佐尧之河南上大学 013
　　字谜诗·五加皮（3首） 014
张秋霞 016
　　乡村小调·两丘田 017
　　摇篮曲·考秀才 018
　　儿歌·月姐变化多 018

目录　01

第二辑　望湘津客诗词选注

园丁颂 022
南歌子·教师颂 022
瞻仰岳飞铜像 023
扬州慢·和李小妹 024
光阴苦少 025
电线杆 025
毛　衣 025
水　稻 026
麦　子 026
诗人与诗歌（6首选1） 027
长城颂（2首） 027
布谷鸟（2首） 028
厦门纪游（3首选2） 029
痛悼慈亲（4首） 030
八月四日从天津坐火车至广元（3首） 031
七夕寄内（2首） 033
游乌鲁木齐（7首选5） 033
读征澜先生新诗感赋（3首） 035
冬飞南宁（2首选1） 037
咏竹示儿（10首选8） 037
竹制簸箕（2首） 039
思念竹山湾（6首） 039
除夕买百合鲜花（2首） 040

盆栽双棵君子兰（2首）..041
资江荣华段老艄公（3首）..042
登天安门城楼感赋（3首）..043
从天津飞深圳到东莞（2首）..044
从飞机上俯瞰天山瑶池（2首）......................................045
南宁修建高铁（3首）..046
傍晚看南宁夏景（2首）..048
昆仑关纪行（4首选3）..049
杜聿明将军（2首）..050
从广元飞北京（3首）..051
重游青秀山（11首选7）..053
读息云师信（2首）..055
依韵和李刚太先生《咏鸿沟二绝句》（2首）..............057
咏黄牛（2首）..058
正月初二游友谊关（3首）..058
晚过资江（2首）..059
壬辰清明祭祖父祖母（2首）..060
别孝芳冲（2首）..061
痛悼息云师（4首）..062
象鼻山（2首）..063
风　车（2首）..064
萤火虫（2首）..064
井冈山纪游（2首）..065
鲁迅绍兴故居（2首）..065
甲午清明赵都灵塔园祭父母（2首）..............................066

南广高铁通车（2首）..067

静夜思（2首）..067

咏水泥（3首）..068

钢筋弯曲机（2首）..069

桥梁打桩机（2首）..069

一言绝句·浪花..070

二言绝句·咏酒（3首）..070

三言绝句·碎言诗语（3首）..071

四言绝句·咏桨（2首）..072

五言绝句·想念故乡（2首）..072

六言绝句·算命盲人（2首）..073

七言绝句·输电塔（2首）..073

咏野黄连（2首）..074

赤峰乌兰布统草原（3首）..074

牛寨界（2首）..076

读《楚辞》怀屈原..077

漫步金口河地质公园..077

在乐山观看东坡墨鱼感赋..079

在乐山市内巴哥店吃燃面（3首）................................080

四季歌吟（4首）..081

咏金鱼（2首）..082

留守孩童杂事诗（10首）..083

盛夏雨中观荷·代拟赠某学士（2首）..........................085

茶叶来历（古风）..085

游甘肃嘉峪关长城（2首）..086

钓鱼感赋（2首）……087
漫步保康县郊见耕田忆先父（2首）……087
母亲节忆先母（2首）……088
咏种子·送郎林龙同学考入北京航空航天大学攻读硕士研究生（2首）……088
步韵和安燕梅《同学聚会》（3首）……089
寓湖北咏青松（2首）……091
山村留守儿童思绪多（10首）……091
闭塞山沟有童诗（10首）……094
咏犁·送达其贤侄上河北工业大学（2首）……097
送张雨菲上娄底第一职业学校（2首）……098
贫困村童有诗情（4首）……099
《勃朗宁夫人〈十四行诗集〉汉译七言律诗》
点评（44首）……100
坐飞机掠过九华山（2首）……111
观与妻梨花树下合影旧照（2首）……111
听友人讲台湾之旅感赋（4首）……112
恸悼袁隆平院士（3首）……113
诗人节论爱情示湘平（3首）……116
保康柳元铺夏季无夜蚊（古风）……116
送胡祝卿侄上益阳医学专科学校（3首）……118
读炳麟师散文通讯集《职守》感赋（2首）……119
郑万高铁建成……120
郑万高铁通车……122

第三辑　其他成员诗词选注

李贵耘 124
  林中散步 126
  送　别 127
  别邯郸 127
  字谜诗·平淡是真（4首）............................ 128
  读莫母墓志感赋（2首）.............................. 129
  有怀大乐村胡大嫂（2首）............................ 130

张湘平 132
  讽题卖菜掺水 136
  春登太白岩（2首）.................................. 137
  咏螺丝钉·酬答父亲（3首）.......................... 137
  汶川樱桃（2首）.................................... 138
  再咏桥墩 139
  葡萄藤（2首）...................................... 140
  戏咏气球 140
  依韵和父亲《树下新苗》（2首）...................... 141
  再咏气球（2首）.................................... 141
  丙申七夕代赠（2首）................................ 142
  泪赞中国女排（3首）................................ 142
  故乡牛哞（2首）.................................... 144
  铁路桥墩（2首）.................................... 144
  咏千斤顶（4首选3）................................ 145
  高铁女测量工程师 145

平地机 146

挖掘机 146

谒谭嗣同墓（3首）...................................... 147

除夕致新疆河尾滩边防哨所（3首）...................... 147

悟诗记录（3首）.. 148

写诗有感（4首）.. 148

推土机 149

丝路新韵 150

再咏蒲公英（2首）...................................... 151

装载机 151

沥青混凝土摊铺机 152

震动式压路机 152

拉萨明月 152

代赋鼾声 153

桂林月牙山（2首）...................................... 154

童思瀑布 154

冬后春雨 155

雾霾酸雨 155

农村城市化 156

五律·天津王串场菜市买鸡 156

五律·擦鞋郎感赋 157

蜘蛛人感赋 158

泥瓦匠感赋 158

长城感赋 159

老铁道兵思绪（3首选2）............................... 159

全国首条市域铁路开工建设（2首）..................160
观电视剧《人民的名义》（2首）..................161
珠港澳大桥连接线拱北隧道安全顺利贯通（2首）..................162
铁路建设工地望月（3首）..................163
长城遐想（3首）..................164
自动断电水壶（2首）..................164
咏泰山（2首）..................165
青玉案·咏自行车..................165
长筒雨靴..................166
自行车车铃..................166
热水瓶胆..................167
铁路建设者..................167
铁路工地摄影一串汗珠（2首）..................168
故乡打磨匠..................169
凿岩钻头..................169
咏燕子（2首）..................170
送铁道兵宋厨师退休（2首）..................170
西北沙漠胡杨（2首）..................171
忆故乡老黄牛（2首）..................171
卡塔尔咏烛禀父亲（2首）..................172
咏火柴（2首）..................173

泰戈尔《园丁集》词选译（5首）..................174
第01首 望海潮·面试园丁..................174
第02首 扬州慢·诗心老幼..................177
第03首 破阵子·海货空捞..................179

第04首　绮罗香·共享美好 181
第05首　青玉案·渴望远方 184

跋语：家族文化诗赋传承 186
后记：传承美好家风建设家庭文化 189

第一辑　先祖诗词存稿选注

张湘平按：

我的高祖（四世祖）胡立恭，字献芳，为胡国欣之子，居白溪镇横沙溪。曾祖（三世祖）胡贤佑，字润魁，为胡立恭长子，为躲抓壮丁，始迁居原横溪乡孝芳冲。祖父（二世祖）胡能贵，为胡贤佑长子，居孝芳冲，晚年居邯郸。此三代只上过1～3年私塾，以脸朝黄土背朝天的姿态，自耕自给，自由度日，劳动中能唱山歌，闲暇时偶吟口语诗，除夕过年多猜谜语、讲故事。根据我父亲望湘津客的清晰记忆，祖母张秋霞对父亲和我的转述，翻阅老家的旧书、旧笔记本，我整理出先祖创作的儿歌（或摇篮曲）、风俗民谣、桐枝词、谜语诗、送别诗、诫子诗等，并由我的父亲张馨先生反复审核定稿，既是对长辈的深切怀念，又是父亲倡导的务必建设家族文化的延续。

根据胡玉韬主修、胡能改主编的《胡氏族谱赟谱南迁始祖应珪公裔十一修暨世界首届通谱》第二分册，我整理出九世祖系简图（图1），以供族人研究家族史参考。

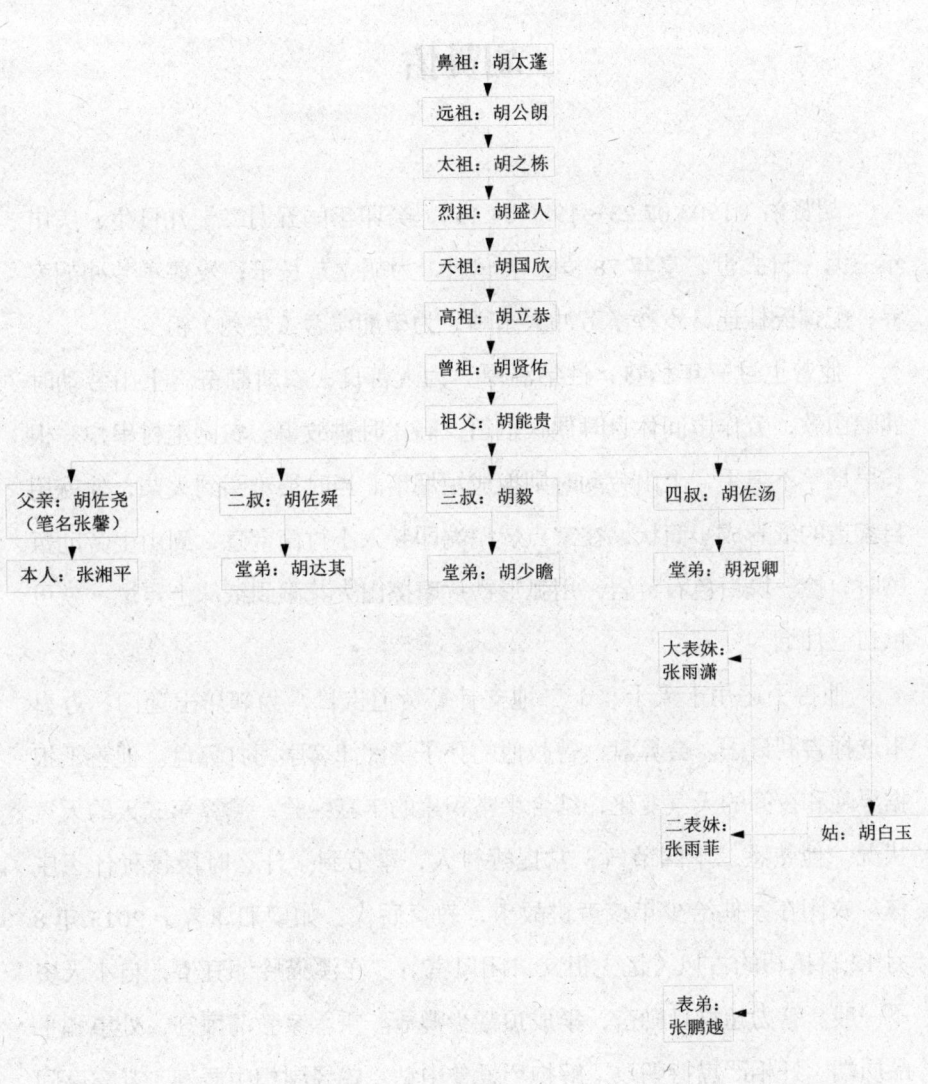

图 1　九世祖系简图

胡贤佑

胡贤佑（1903.07.23～1980.04.15），癸卯年闰五月二十九日生，庚申年三月一日去世，享年78岁；字润魁，为胡立恭长子；殁葬孝芳冲胡家界；配谭氏桂连，殁葬孝芳冲大茶蟠；为望湘津客（佐尧）祖父。

他曾上过三年私塾，性情温厚，为人善良，农耕勤奋。上山劳动时偶唱山歌，劳作中间休息时偶吹桐笛，高兴时讲故事。农闲走村串户一根长旱烟竿不离手，上山劳动时则换成短烟竿。当时很难买到火柴，他就用自家造的纸卷成小筒状，在家点燃一端即装入小竹筒窒息，到山上劳动暂歇时，捡一块白色石英岩，用弧形铁片摩擦出火花溅到纸沫上点燃，就可供自己抽烟。

他善于运用十天干、十二地支计算黄道吉日，为邻居出远门、办喜事选择吉利日子。会算盘，曾教他的孙子望湘津客学习打算盘。他善于根据早晚和夜间的天气变化，结合平常积累的丰富经验，测算第二天的天气状况。他熟悉二十四节气，常提醒村人，季节到了什么时段该种什么庄稼。农闲在家偶给少年孩童讲故事，教育后代。如望湘津客于2015年8月12日撰写的古风《忆先祖父讲闭口官》："洋溪猫岭邹庭望，自小天资不一般。智力超群且勤奋，学成顶戴少卿冠。秉承家教清廉守，处事和平品质端。奸相严嵩持朝政，解袍巧设瓮中钻。曾经副相生辰寿，赴宴席间一菜盘。中有洋葱头未去，随口洋葱砍头餐。须臾带血人头见，方晓杨聪主菜单。言多必失千年戒，食不言训动心肝。从此赴宴均缄口，百姓尊称闭口官。朝中气候难容正，归隐家山泉水欢。特意离京官船置，新添箱柜满船栏。砖头塞入将绳捆,外贴封条盖印丹。百位差夫相护送,严嵩眼线报官繁。来人责问贪赃甚,务必开箱仔细看。少卿制止严词诺:倘是金银国库搬,不是金银严嵩补,受罚补空莫耍奸。只只箱笼忙开启,箱内果真红砖攒。此事相争惊皇帝,少卿果敢不相瞒:吾从皇上二十载,积聚家财半点寒。不欲人言为官贱,莘莘学子耻相叹。假装财富满船运,均是朝廷惠赐宽。万谢千恩忠陛下,人才济济保国安。无心戏弄严嵩晦,自认倒霉换金砖。少卿归里倡文事,创办三乡学社刊。以文会友儒风播,至今传诵响文坛。"

桐枝词·送头孙发蒙（2首）

（1971年3月）

午砍桐枝旋小段，削成哨笛久相违。
声声哨笛吹心意，小鸟明朝试翅飞。

爷爷奶奶头孙疼，此后山耕少屁虫。
十载寒窗当奋发，功名荣耀孝芳冲。

【笺 注】

[1] 头孙：长孙。

[2] 发蒙：fā méng，旧时指教少年、儿童开始识字读书。五代·王定保《唐摭言·海叙不遇》："（段维）年及强仕，殊不知书；一旦自悟其非，闻中条山书生渊薮，因往请益。众以年长犹未发蒙，不与授经。"宋·周

辉《清波杂志》卷五："或谓童稚发蒙之师，不必妙选，然先入者为之主，亦岂宜阔略世故。"在20世纪70年代，故乡孝芳冲教育落后，没有幼儿园，上小学要到山下十多里外的共大学校。此指开始上学。

［3］疼：téng，这里指关心；疼爱。元·孟称舜《桃花人面》："满庭花落地，则有谁疼？"清·颜自德《霓裳续谱·送郎送在大路西》："在外的人儿要小心，谁来疼顾你？"

［4］故乡孝芳冲习俗："爷爷奶奶疼头孙，爹爹妈妈疼满崽。"满崽：最小的儿子。

山田不负勤耕者

（1968年7月）

桃花浪笑柳筛阴，叱犊犁田浊溅襟。
汗水如肥勤洒下，暮秋换取百担金。

【笺 注】

［1］柳筛阴：形容春天长出绿叶的长长柳枝，在春风吹拂下，像筛子一样将阴影筛到地面。

［2］叱犊：chì dú，大声驱牛。宋·陆游《访村老》："大儿叱犊戴星出，稚子捕鱼乘月归。"《梦游散关渭水之间》："叱犊老翁头似雪，羡渠生死不离家。"

［3］担：平声仄义。挑粮食的器具，故乡孝芳冲一般使用竹子破成两半制作。1升等于10合（gě），1斗等于10升，1担等于10斗。百担：非实指，形容多。

谭桂连

谭桂连（1909.11.30～1969.03.10），己酉年十月十八日生，己酉年正月二十二日去世，享年61岁。嫁胡贤佑。望湘津客祖母。性格开朗，勤俭节约，管理家庭很有经验，当时有望湘津客的父亲胡能贵、叔叔胡能宝、大姑胡凤云、小姑胡秀银，将一个大家庭的气氛协调得很和谐，尤其是在家庭人员多时，及时组织分家，各自立业、成家、过日子，均能做到公平，各方满意，都能够独立讨生活。

每到过节，号召全家人在一起吃个饭，加深亲情。特别是过春节，组织少年儿童猜谜语，还以字谜教育后代。给家人讲故事，对做人以启迪。如望湘津客于2015年7月16日撰写的古风《忆先祖母讲盘古和张果老争年龄》："开天辟地两神仙，争寿沙湾故事传。盘古豪言八万岁，张仙八万七千年。自然盘古难服气，大汗淋漓禀母前。抬手招来张果老，平心静气语涓涓：黄河万里吾开导，月桂芬芳我种迁。倘使小仙仍不信，君生我是接生员。张仙一听身腾起，耳赤脸红气冒烟。顺向黄河抓土掷，至今河水未清廉。神仙也有鸡肠肚，何况人间名利牵。"

字谜诗·耕读传家（4首）

（1965年12月）

短木成双靠井边，并非打水起炊烟。
欲知此去谋何事，播种前翻沃野田。

八岁孩童上学堂，十年名就耀家乡。
谁言卖弄能成事？书海茫茫细考量。

半转车身视线糊，一人站立左边隅。
如麻乱绪从容抚，素质优良岂失孤？

飞逐边关走失寒，紧修新屋可身安。
同行女嫁边关外，买只猪娃喂不难。

【笺 注】

[1]字谜诗：是以字为谜底的诗。所用诗句多数着眼于字形，将字形分解，而将谜底隐藏其中。有的则兼释字义，有的是一句诗一个谜底，有的则全诗同一谜底。

[2]这组字谜诗，每一首一个字，谜底分别是"耕读传家"。耕者，犁也，指用犁翻松田土，泛指耕种、农耕之事。读，诵书也，从言卖声，即诵读诗书经文，后引申为阅读、学习。唐末五代章仔钧《章氏家训》中明确提出："传家两字，曰耕与读；兴家两字，曰俭与勤"，教育子孙后代要勤于劳动，读书明理。明末清初理学名儒张履祥认为应该耕读并举，他

在《训子语》中说:"耕与读又不可偏废,读而废耕,饥寒交至;耕而废读,礼义遂亡。"晚清名臣左宗棠把"勤耕读"作为传家之本,他曾写下楹联:"要大门闾,积德累善;是好子弟,耕田读书。"教育子侄后辈,要在力耕和勤学上下功夫。因此"耕读传家"就是既学做人,又学谋生。耕田可以事稼穑,丰五谷,养家糊口,以立性命。读书可以知诗书,达礼义,修身养性,以立高德。这就是家教:"耕读传家久,诗书继世长。"新时代的"耕读"当是爱国爱家,爱岗敬业,辛勤工作,不断学习,获取新知,完善自我,诚信友善,为建设富强民主文明和谐美丽的社会主义现代化强国而奋斗。

胡能贵

　　胡能贵（1935.11.09～2006.08.16），乙亥年十月十四日出生于湖南新化县横溪乡孝芳冲，丙戌年七月二十三日于河北邯郸去世，享年72岁。葬于邯郸市西郊户村镇九龙湖畔赵都陵塔园。望湘津客（佐尧）父亲。胡贤佑长子。曾任大队会计、生产队长。精算盘，善谈判，见多识广，处事灵活，为村民解决各种纠纷，主持其红白喜事。在20世纪50～70年代，农村集体种地，由于孝芳冲居偏僻山沟，广泛征求村民意见，每户根据人口、能力安排3～5亩地自己种玉米，种魔芋、五加皮，有能力的可以试种天麻、沙参等经济作物。当上级来检查，众人就集中到公家种的水稻、玉米、红薯地里干活。在农忙时，即使公家种的地，也按面积算出工分，分片包给各户干，大大提高了劳动效率，增加了粮食产量。一个工分合0.35元，名列大队前茅。在青黄不接时，利用大批野猪践踏作物、天降冰雹或者大雨引发洪水损坏庄稼、天旱等自然灾害智慧申请政府给一部分救济粮，村民没有挨饿。

　　20世纪80年代后，农村包产到户，迅速主持分田分土，率先响应政策和受益。根据自己丰富的经验，把自家魔芋、五加皮等良种分给村民，指导推广种植，搞活经济，增加收入。带领村民致富，留下了很好的口碑。

　　在家庭建设方面，非常能吃苦耐劳，脑筋灵光，善种水稻、玉米、红薯，以供全家吃饭；尤其善种魔芋、五加皮、天麻、厚朴、杜仲、党参、白术、百合、桔梗等经济作物，同时收购别人种的药材到外地销售，大大改善了家庭经济状况。1995年建立了全村第一座小型水利发电站，供自家照明，买了第一台黑白电视机。

在培养人才方面，不顾自己身患咳嗽、风湿等疾病，目光远大，意志坚定，承担全部体力劳动，送儿女上学。长子佐尧大学本科毕业，后又上硕士研究生，次子佐舜、三子佐铁（胡毅）均高中毕业，四子佐汤初二肄业，女儿白玉小学毕业。后长子参加工作后，逐渐帮助其弟弟妹妹在邯郸、益阳、沅江、娄底买上了楼房安家就业，各自谋生。望湘津客启蒙老师苏先亮先生评价："这个老人家，在偏僻的孝芳冲里，不屈不挠，耕种经济，活泛持家，培养子女，不遗余力。在我们荣华横溪片，难有第二人。"

2003年12月10日，长子专车将他接来邯郸，住在两室一厅新房中，安度晚年。中煤第一建设集团有限公司副总经理张建立来家座谈后，这样评价："老爷子接人待物得体，谈吐不凡，思维敏捷，在农村定当见多识广。在南方小山沟里，能把子女培养成才，不是一般人。"

牛寨界锄玉米草午间稍休示诸儿女（2首）

（1986年8月）

人生挫折不咨嗟，恰似风吹玉米斜。
培土施肥锄杂草，青苗茁壮长无差。

吃饭靠天苞谷播，缓湾间种五加皮。
持家勤奋甘辛苦，智慧耕耘获取奇。

【笺 注】

[1] 五加皮：中药名，为五加科五加属植物的干燥根皮。具有祛风湿，补肝肾，强筋骨，利水的功效。主治风湿痹症，筋骨痿软，小儿行迟，体虚乏力，水肿，脚气。五加皮是故乡家庭中主要经济作物之一，是支撑望湘津客兄弟妹上学的主要经济来源。

[2] 诸儿女：指儿子佐尧、佐舜、佐铁、佐汤和满女白玉。

[3] 咨嗟：zī jiē，叹息。汉·焦赣《易林·离之升》："车伤牛罢，日暮咨嗟。"唐·吴兢《乐府古题要解·雁门太守行》："（王涣）病卒，老少咨嗟，莫酬以千数。"明·刘若愚《酌中志·正监蒙难纪实》："是时，高公已居林下，颇为咨嗟，然已无可奈何。"

暑假辣椒园劳作收工示诸儿（2首）

（1988年8月）

松地撒家肥，青苗润土围。
秋来椒满树，风动颤巍巍。

耕作往高看，良方借鉴宽。
人生如种辣，红火并非难。

全家出槽门送佐尧之河南上大学

（1987年8月25日）

学习同工作，抬头顶处探。

赚钱来路正，切莫暗中贪。

【笺 注】

[1]探：旧读平声。唐·徐铉《和江西萧少卿见寄二首》，其一："亡羊歧路愧司南，二纪穷通聚散三。老去何妨从笑傲，病来看欲懒朝参。离肠似线常忧断，世态如汤不可探。珍重加餐省思虑，时时斟酒压山岚。"唐·张籍《送严大夫之桂州》："旌旆过湘潭，幽奇得遍探。莎城百越北，行路九疑南。有地多生桂，无时不养蚕。听歌疑似曲，风俗自相谙。"

[2]槽门：就是进屋与岩塔的必经之路。槽门将整个房屋和天塔紧紧围住，材料为石头和木头，组成一道墙，称为"槽门"。在故乡孝芳冲，房屋四周没有槽门，一般说送人出槽门，就是送出屋场外，进入正道。

[3]望湘津客于1987年7月7~9日在湖南省新化三中参加高考，以513分（总分640分）考上河南焦作矿业学院（今河南理工大学）建井工程专业。1991年7月毕业，8月分配到中煤第一建设公司工作。

[4]这首诗实际上是作者的家训："学习、工作要往高处看，生活、用度要向低处学。"作者还用民间故事形象地告诫子孙，任何时候均不要贪婪。如望湘津客于2015年9月13日撰写的古风《忆先父讲升子石》："雾溪河畔对家庄，一户农民住草房。相爱夫妻生独子，连遭大旱遇饥荒。全家持续三天饿，手捧红薯不舍尝。乞丐年高偏骨瘦，喘呼粗气乞门墙。娘观已饿晕沉息，含泪相求走别乡。乞丐伸手摸孩脸，一声叹气拐前方。未行一丈阶边外，乞丐蹒跚倒路旁。情急夫妻扶柴角，红薯舍喂饥人忙。

乞丐徐徐回颜色，争开深眼久端详，含糊自语人心好，付出常存回报香。
指点明晨先挑水，一升大米石缝藏。夫妻次日河边去，一块巨石水岸镶。
微槽圆孔清新现，白米花花炫目光。喜悦满怀掏干净，回家量计满升强。
一家三口日升米，野菜添加度灾荒。转眼夫妻前后逝，十七独子梦银洋。
找来铁凿扩圆孔，次日取米两升将。卖掉一升余做饭，有钱沽酒解愁肠。
再扩孔身如水桶，赶缝布袋运新粮。翌晨奢望悄然破，升子石中水一汪。
天地人心皆有欲，贪图不戒悔青肠。利名斩获修人品，不可亏心意态狂。
先父忠言频响耳，喜伴清风步履长。"

字谜诗·五加皮（3首）

（1989年2月5日）

参军家族喜，人又躲柴隅。
呷酒赢魁首，醉语口言无。

事成需力气，有口准能言。
二者相联合，舒心干劲翻。

填土增斜度，风吹水起澜。
病来需息养，衣送御严寒。

【笺　注】

魁首：指在同辈中才华居首位的人，或指首领。这里指呷酒时猜碰拳。这是中国民间饮酒时一种助兴取乐的游戏，起源于汉代。即饮酒时两人同时伸出手指并各说一个数，谁说的数目跟双方所伸手指的总数相符，谁就算赢，输的人喝酒。它增添酒兴，烘托喜庆。其技巧性颇强，给玩者留有神机斗智的余地，且因玩时须喊叫，易让人兴奋，极富竞争性。划拳有很多种，每一种叫法也不同，如拳头为0，大拇指为1，八字指为2，OK指为3，四指为4，五指为5，如果朋友聚会，双方都是0叫宝一对，依次为一心敬，哥俩好，三桃园，四季财，五魁首，六六顺，七个巧，八匹马，九连环，满堂红。有的场合甚至有一夜夫妻，二人同床，四腿交叉的不雅叫法。

张秋霞

　　张秋霞（1939.03.02～2008.12.26），已卯年正月十二日酉时出生于湖南新化县横溪乡共田村，戊子年十一月二十九日于河北邯郸市逝世，享年70岁。为共田村乡绅张树升二女。望湘津客（佐尧）母亲。嫁胡能贵。曾在小路桥上学到小学五年级，学习成绩班内前茅，与望湘津客启蒙老师苏先亮是同学。性格较内向，能吃苦耐劳，忍辱负重。生儿育女，持家节俭，浆洗缝补衣裳，掌握全家人的冷暖。辛苦经营菜园，供给全家，尤其善于制作白辣椒、豆豉、霉豆腐。农闲做针线活时，哼点乡村小调，偶尔讲个有趣故事给孩儿们听。如张湘平于2017年11月24日撰写的古风《忆祖母讲牛为何生四只脚》："传说自古牛似人，讲话有声站起身。迈步虽轻劳动苦，前蹄未长背驮伸。某天天上牛王母，欲到凡间看子亲。刚入村间田垅角，正逢日午起炊薪。半个时辰香饭菜，盘盘碗碗餐桌陈。沾泥牛怒对人讲：米饭喷香拌菜珍，专享由人大腹饱，剩余小半喂猪频，半天我背铧犁累，反倒垅头肚草填，倘使良心人不昧，应分米饭入吾唇。牛王一听生闷气，恨子如同乞丐贫。钉子手持钉牛嘴，言谈不许只劳辛。耕牛嘴下留白点，钉印深深迹未湮。此刻观音刚路过，见牛两腿背犁怜。收工瞅准回家路，扯两禾筻放道途。哪想牛刚伸嘴撬，禾筻跳起沾身躯。不痛不痒前蹄变，从此犁田身前趋。前脚牛身连皮肉，骨头犹自着地孤。谁疑可去屠牛市，一摸四蹄前后殊。"

　　有时心情不好，或者身体虚弱，就打哈欠，有哪个神仙或已故婆婆附体，原来少语变得能说会道，动作、讲话均与仙人一样，指出家人某某对人不尊敬，对长辈孝敬不到位，以前许下的宏愿没有还，教育某某要认真读书，不能放弃……孩子们烧纸、认错、接受指教，两三个小时后，才慢慢恢复常态，似经过一场大病，精神萎靡，也吃不下多少饭菜。家乡谓此娘娘下凡附体。

2003年6月5日，长子望湘津客专车将她接来邯郸，一同居住。次年，专门为她购买的两室一厅新房已经装修好，遂搬入夫妇居住，直至去世。与夫合葬于赵都陵塔园。该房过户给望湘津客二弟胡佐舜夫妇居住。

乡村小调·两丘田

（1963年4月）

当阳山下两丘田，水车车水种三年。
爷种三年买块土，崽种三年进士宣。

【笺 注】

水车：旧式灌溉机械。用人或畜力作为动力，通过管、筒、水槽等机件将水上提。相传为汉灵帝时毕岚造出雏形，经三国时孔明改造完善后在蜀国推广使用，隋唐时广泛用于农业灌溉，至今已有1700余年历史。宋·陆游《入蜀记》卷一："妇人足踏水车，手犹绩麻不置。"

摇篮曲·考秀才

（1968年10月）

天上一星辰，地面一个人。
爷今耕地苦，崽考秀才身。

儿歌·月姐变化多

（1976年11月20日）

月初身段似弯钩，初九生成象齿遒。
十二风轻船不动，银盘十五挂空羞。

第二辑　望湘津客诗词选注

望湘津客，此为中年别号，原名胡佐尧，字璀璨，笔名张馨（因上中学时发表一首新诗的署名，后一直使用），自号燕赵湘人。胡能贵长子。1991年7月毕业于焦作工学院矿山建设专业，2003年6月获得河南理工大学矿业工程硕士学位。曾在中煤第一建设集团公司任技术员、预算统计员、项目总工、项目经理、副处长、副总工程师兼科技处长，于2008年调入中铁十八局集团公司工作，曾任湘桂高铁Ⅳ标指挥部党委书记兼总工、田桓铁路Ⅱ标指挥长兼党委书记，现任郑万高铁湖北段六标指挥长。

在文学上，系河北省作家协会、中国散文学会和中华诗词学会会员。已出版诗文集《青山风骨》，旧体诗词集《南诗北韵》《萍踪留影》，长篇小说《树蛇》《拳拳之恋》等5部。在《诗神》《诗潮》《中华诗词》《中国铁道建筑报》等报刊发表诗词、散文150多篇。

在书法上，小学师从苏晨窗老师学习柳体，中学师从邹息云先生学习行书。大学自练柳体，参加工作后学习赵体、二王。出版书法集《张馨临写赵孟頫〈仇鄂碑铭卷〉》。

在科学上，系矿业工程高级工程师，隧道与地下工程教授级高级工程师（正高），国务院政府特殊津贴隧道、爆破专家。在《建井技术》《煤炭科学技术》《煤炭学报》《焦作工学院学报》《铁道建筑技术》《建筑结构》《轨道建筑》《市政技术》等杂志发表学术论文《立井冻结基岩中深孔爆破》《周边辅助眼与光底爆破技术在立井施工中的应用》《深立井硬岩深孔钻爆参数的研究与应用》等50余篇，出版学术论著《深立井开凿技术新发展》《立井钻爆现代理论与新技术》《深立井快速施工成套新技术研究和推广应用》《立井开凿安全技术操作手册》《深立井与隧道工程理论和实践》等5部。创新了深孔立体微差爆破、土压爆破、泥压爆破理论和技术，丰富和发展了我国控制爆破的理论体系和实践经验。参与科研课题《矿岩爆破块度的预测与控制研究》于2000年10月获河南省科技进步二等奖，2007年5月科研课题《特厚表土大直径立井施工工艺及关键技术研究》获首届中央企业青年创新优秀奖。1999年获第二届河北省煤炭青年科技奖。2000年4月被国务院授于全国劳动模范，2004年1月和2016年3月分别被评为全国优秀项目经理。2007年4月被评为全国科学技术奖技术创新先进人物，10月荣获中国科学技术基金会第十六届孙越崎青年科技奖。2013年5月获广西壮族自治区铁路建设先进个人。2015年被评为天津市发明家。2016年2月获得天津市五一劳动奖章，12月，张馨劳模创新工作室先后被评为天津市"十大示范性劳模创新工作室"和中国铁建首批"示范性劳模创新工作室"。2019年9月，在矿山建设和铁路建设方面均做出突出贡献，获得中共中央、国务院、中央军委颁发的庆祝中华人民共和国成立70周年功勋章。2019年12月，主持课题《巨型岩堆和永冻层赋存条件下生态脆弱区铁路建设环保施工关键技术》获得辽宁省科技进步二等奖。

中国发明家协会会员。获国家授权发明专利和实用新型专利50多项，获得国际发明专利20多项。

主持中国铁建股份有限公司企业标准《铁路建设项目水土保持施工及验收规程》（Q/CRCC12701-2020），中国铁建科创〔2020〕172号文发布、出版，自2021年5月1日起实施。

园丁颂

（1984年5月）

青春粉笔共消磨，历尽风霜雨雪多。
依旧心中宽似海，春风荡起万重波。

【题 解】

望湘津客这首七言绝句写于新化三中，作者上高中阶段，并经语文老师邹息云先生修改，得到老师鼓励后，作者喜欢上了旧体诗词的学习和创作。

南歌子·教师颂

（1985年9月10日）

谨抱耕耘志，无暇计利名。卅年艰苦奋前行。得失今评，崇敬顿时生。
青帝随风至，重闻脚步声。崎岖小路是征程。奋勇攀登，更上一层层。

【题 解】

作者这首词写于新化县第三中学上高中时期、我国第一个教师节，即1985年9月10日，旨在对启蒙老师苏先亮以及所有奋斗在教育战线的老师们表示深深的敬意。

【笺 注】

青帝：先秦祭祀的神。汉代以后，又有将灵威仰、太昊、太皞、大皞、伏羲等神合并为青帝一说。居东方，摄青龙。为春之神及百花之神，是中国古代神话传说中五帝之一。掌管天下的东方，亦是古代帝王及宗庙所祭祀的主要对象之一。唐·黄巢《题菊花》："飒飒西风满院栽，蕊寒香冷蝶难来。他年我若为青帝，报与桃花一处开。"唐·王初《青帝》："青帝邀春隔岁还，月娥孀独夜漫漫。韩凭舞羽身犹在，素女商弦调未残。终古兰岩栖偶鹤，从来玉谷有离鸾。几时幽恨飘然断，共待天池一水干。"

瞻仰岳飞铜像

（1986年6月26日）

中途勒马望长空，远听悲鸣万里风。
华夏版图今尚缺，军民共唱《满江红》。

【笺 注】

[1]岳飞（1103~1142）：字鹏举，宋相州汤阴县（今河南安阳汤阴县）人，南宋抗金名将，中国历史上著名军事家、战略家，位列南宋中兴四将之一。他于北宋末年投军，从1128年遇宗泽起到1141年为止的十余年间，率领岳家军同金军进行了大小数百次战斗，所向披靡，"位至将相"。1140年，完颜兀术毁盟攻宋，岳飞挥师北伐，先后收复郑州、洛阳等地，又于郾城、颍昌大败金军，进军朱仙镇。宋高宗、秦桧却一意求和，以十二道"金牌"下令退兵，岳飞在孤立无援之下被迫班师。在宋金议和过

程中，岳飞遭受秦桧、张俊等人的诬陷，被捕入狱。1142年1月，岳飞以"莫须有""谋反"罪名，与长子岳云和部将张宪均被杀害。宋孝宗时岳飞冤狱被平反，改葬于西湖畔栖霞岭。追谥武穆，后又追谥忠武，封鄂王。

[2]《满江红》：是南宋抗金民族英雄岳飞创作的一首词。表现了作者抗击金兵、收复故土、统一祖国的强烈爱国主义精神。内容为："怒发冲冠，凭栏处，潇潇雨歇。抬望眼，仰天长啸，壮怀激烈。三十功名尘与土，八千里路云和月。莫等闲，白了少年头，空悲切！　靖康耻，犹未雪；臣子恨，何时灭。驾长车，踏破贺兰山缺。壮志饥餐胡虏肉，笑谈渴饮匈奴血。待从头，收拾旧山河，朝天阙！"

扬州慢·和李小妹

（1988年6月）

冰雪无心，南风有意，柔春暗赋深情。踏缤纷幽径，盛意寓风筝。问收获，灵犀几点，朦胧如月，词载心声。渐清新，胆肝相知，同步征程。

山川入夏，正青春，何叹落英？慕北宋苏洵，廿七发奋，文墨芳馨。更信英才吾辈，风霜共，比翼齐鸣。莫言来路苦，最宜放眼前行！

【题　解】

这是作者写给未曾见过面的女朋友的一首和词。事迹可见杨天祥著报告文学《姻缘千里书为媒》（张馨，萍踪留影，北京：中国文联出版社，2016.05）。

光阴苦少
（1991年10月12日）

如麻事务紧缠身，挤尽韶华每一分。
偏是诗神栖脑海，每于深夜发长吟。

电线杆
（1992年11月8日）

电杆排排似戍夫，扛雷蓄火上征途。
高山平地人间夜，大放光明供读书。

毛 衣
（1993年8月14日）

不见家书不见诗，重翻箱底抚毛衣。
翻来覆去愁中看，横是丝来竖是丝。

水 稻

（1994年6月20日）

蛙声伴水土泥亲，绿色衣裙日照新。

秋月梳头齐俯首，农民仓内满金银。

麦 子

（1995年7月5日）

比肩继踵立肥田，爬滚冬春步夏天。

五月金衫装束换，粮仓今又娶新弦。

【笺 注】

［1］五月：指阴历。阳历当6月。

［2］此诗经诗词家和学者冷阳春先生修改为："比肩继踵立肥田，绿色油油艳夏天。金穗沉沉传喜讯，农家今又谷仓圆。"冷老师耗费一个多小时思考和修改，感叹道："写诗不易，改诗更难矣！"斯言真也。

诗人与诗歌（6首选1）

（2003年2月19日）

移动青山当枕头，剪裁峡谷系腰周。
天开异想诗人富，大自然中诗句流。

长城颂（2首）

（2006年1月19日）

骨泥和泪铸脊梁，迤逦巍峨万里长。
可隐可彰龙本性，餐沙饮暴自昂扬！

世界奇观气势雄，开发西北送春风。
和谐崛起师西技，铁桶江山架彩虹。

【笺　注】

[1]铁桶江山：比喻牢固的政权或地位。这里指中国过去固步自封，闭关自守。

[2]脊、发：旧读入声，今读平声。

布谷鸟（2首）

（2006年3月11日）

杜鹃不再染山花，呼唤春风到农家。
良种好秧齐翘首，专心着意待犁铧。

免税农民负担无，而今田地不荒芜。
杜鹃啼醒村庄曙，牛负犁铧绘彩图。

【题 解】

2005年3月，第十届全国人大三次会议通过决议，决定自2006年开始全部免除农民的"农业税"，以便更多地增加农民收入，更好地发展农业。

【笺 注】

山花：指映山红，又名满山红，属杜鹃科，常绿或落叶灌木，植株低矮，形态自然，花单生，五裂，色形因种类不同而有红、黄、白、紫、粉红等色，一般春鹃在四月开放。

厦门纪游（3首选2）

（2008年3月15日）

旧碉堡

弹痕犹似飞枪洞，今见新巢两燕嬉。
凌辱百年难忘痛，和平更要固城池。

日光岩

抖擞军威望海空，眼穿水底识妖风。
南疆万里需监护，不可蹉跎负郑公。

【笺　注】

日光岩：俗称"岩仔山"，别名"晃岩"，相传1641年，郑成功来到晃岩，看到这里的景色胜过日本的日光山，便把"晃"字拆开，称之为"日光岩"。

景点龙头山寨，是郑成功屯兵时遗留下来的寨门，蔡元培曾题诗一首："叱咤天风镇海涛，指挥若定阵云高。虫沙猿鹤有时尽，正气觥觥不可淘。"寨门右侧有"宛在亭"，下有一巨石，上端平坦，高15米，宽6米，坐南朝北，与厦门隔江相望。巨石下方刻有"闽海雄风"四字，苍劲有力，右上方有"郑延平水操台故址"；另一石刻郑成功五绝诗："礼乐依冠第，文章孔孟家。南山开寿域，东海酿流霞。"

痛悼慈亲（4首）

（2008年12月30日）

上周电话吐谈频，三日竟成隔世身。
游子揪心川陕返，灵前洒泪哭慈亲。

偏僻乡多水旱灾，生儿育女苦中挨。
慈恩未等儿孙报，遽落春晖唤不回。

明年正月古稀寿，料想吾家喜事隆。
不待儿孙行孝道，夜台归去太匆匆。

春晖浩荡漫家园，游子常回喜气掀。
今岁秋风吹屋破，儿孙行孝已无门。

【题 解】

［1］作者母亲张秋霞出生于1939年3月2日（农历己卯年正月十二日酉时），2008年12月26日（农历戊子年十一月二十九日）逝世，享年70岁。

［2］作者于2008年12月22日给在邯郸的母亲打电话时，其话语清晰。24日陪中铁十八局集团总工程师到四川紫阳县襄渝铁路指挥部检查，26日15时在西安咸阳机场候机室等待飞往天津的航班，猝接岳帮礼书记电话，告诉他母亲已经不行了。他20时到达天津，通知在张家口上班的三弟赶回天津，同时二弟和小妹等也往邯郸赶。27日从天津开车匆匆赶回

邯郸为母亲办理丧事。

[3] 作者对他的母亲一往情深，2002年专门买了一套房子，次年6月先把母亲接到邯郸，母子住在一起。

[4] 作者母亲二零零九年正月十二日年满70岁。他原计划给母亲庆寿，兄弟妹及孙子们都会相聚邯郸，可是老人家没有给他这个机会就匆匆走了，太遗憾了。

【笺 注】

夜台：指坟墓，因为闭于坟墓，不见光明，所以称为夜台，后来也用来指代阴间。宋·陈普《夜台》："角陵初为五斗盗，崔浩继作千寻官。重黎不生大禹死，鬼魅杂出交蛇龙。妄夸夺尽离娄明，虚喝弱却楼烦弓。礼乐沉沦入九地，阴邪叫啸充虚空。人寰黯淡如夜台，百物凄怆生芒峰。虎狼四出食人肉，四溟不受黄流东。岂无健士能拓遏，末俗骨醉难为功。我欲南游叫虞舜，一怒为我诛兜共。阴阳草昧风气闭，苍梧日落天鸿蒙。代天去恶如拔薙，后剪枝叶先其宗。洗心学易见太极，百怪冰释春流通。道在不系后与前，日月东出开群蒙。"

八月四日从天津坐火车至广元（3首）

（2009年8月5日）

津门酷热胜蒸锅，入陕孤寒意绪多。
人事更如时序变，炎凉莫叹奈他何！

午眠梦断在秦川，风雨长途进蜀边。
我辈不歌难路曲，金牛道尽见青天。

秋风拂鬓过长安，淫雨霏霏骤转寒。
周粟些微修蜀道，人行斯路不艰难。

【题　解】

2009 年 8 月 4 日，作者与同事一起到广元兰渝客运专线梅岭关隧道编制、培训高瓦斯隧道施工专项方案。该隧道穿越川东北高瓦斯油气区，东距九龙山气田约 30 公里，西距射箭河气田约 10 公里。设计为单洞双线，总长 16500 多米，最大埋深 407 米，是兰渝铁路全线的关键控制性工程。隧道岩层中天然气的绝对涌出量高达每分钟 3.03 立方米，瓦斯压力超过了 0.20 兆帕，瓦斯浓度最高时达到了 1.3%。这么高的有害气体浓度和瓦斯压力，在我国的铁路隧道建设中极其罕见。

【笺　注】

金牛道：又叫石牛道，得名源自"石牛粪金、五丁开道"的故事，因说石牛能粪金，故称为金牛。故事发生在周显王扁和周慎靓王定这段时间，秦惠文王更元九年（公元前 316 年），秦惠王将金牛赠送给蜀王，西蜀五丁引金牛成道，故名金牛道。粪金：痾金子。

七夕寄内（2首）

（2009年8月初稿，9月改定）

独寻书案到中州，见否当年宿舍楼？
南燕飞来衔美梦，筑巢已近廿春秋。

纷飞鸿雁获春先，沐雨经风共廿年。
犹忆良媒诗与赋，携将才女泛南船。

游乌鲁木齐（7首选5）

（2009年10月10日）

观天池

西行尽是不毛山，偶遇青螺映鬓边。
闻道省亲王母赠，至今恩惠古村湾。

葡萄沟

珍珠绿色串长肥，歌舞悠扬破壁飞。
蔽日浓荫秋未老，泉流溪涌不思归。

火焰山

烫沙煮蛋不为奇,越野行人远望疑。
许是美人虚把扇,留将余烬晚生炊?

沙山园

丘峰脊背绵如线,大漠苍凉月色黄。
挨到朝云擎旭日,风停沙静印诗行。

艾丁湖

名冠中华海底湖,湖干岸绕似波弧。
晶莹满目如银闪,易起贪心涉险途。

【笺 注】

唐僧师徒四人,一路风尘仆仆朝西行去。走着走着,渐渐觉得热气袭人,难以忍受。此时正值秋天,大家感到很奇怪。一打听才知道前方有座火焰山,方圆八百里内寸草不生。又从土地爷嘴里听说,要想过山,只有向铁扇公主借芭蕉扇扇灭火后才能通过。孙悟空把师父安排好,前往芭蕉洞找铁扇公主。铁扇公主是牛魔王的妻子,红孩儿之母。因上次红孩儿想吃唐僧肉与悟空结下了冤仇,铁扇公主哪里肯借。悟空初次借扇,被铁扇公主用芭蕉扇扇到五万四千里外。灵吉菩萨得知实情,给他一粒"定风丹"再去借扇。公主又用扇扇他,悟空口含定风丹,一动不动。公主害怕忙回了洞府,闭门不出。悟空变作一只小虫,飞入洞中,钻在茶沫之下,随茶水被公主喝入肚腹之中,拳打脚踢,来回翻腾,公主腹中疼痛难忍，答应借扇，但给的是一把假扇。悟空二次来借扇，悟空变成牛魔王模样，骗得真扇，却被牛魔王所变的猪八戒夺回。悟空三次来借扇，悟空与牛魔王大战，八戒、沙僧、哪吒及天神上前助战，最后把牛魔王打得现出原形。悟空用芭蕉扇扇灭山火，师徒四人继续西行取经。

读征澜先生新诗感赋（3首）

（2009年10月19日）

故 乡

衡岳千寻擎楚柱，洞庭一镜照胸襟。
湖湘山水多英气，化作江天万里吟。

小 溪

彳亍山间步履稠，终归大海浪波悠。
欣酬壮志回头少，潋潋泉声唤旧游。

白 云

峰头飘渺每相违，风顺一朝送远霏。
回望出山年月久，梦魂依旧绕山飞。

【题　解】

　　征澜先生，作者小学同学，1989年7月毕业于湖南师范大学汉语言文学专业，曾在冷水江工业学校任教并担任办公室副主任、娄底市委政策研究室主任、市委财经委员会办公室主任，现任娄底职业技术学院院长。

　　他曾给作者发来八首新诗，有几首是写得不错的，如《赠柳》："一世的光阴和情意／我只种活了一枝柳条／／多少回干旱，我拿血当雨／浇灌它，挽留住最后一片苦心／／现在你要去远方，我折下它／在江南的水滨，放到你手心／／折下它，就是折下了我的所有／你要珍惜它，不要扔掉，要带上它／／你可以把它一段一段插在路旁／它会守候你的归程，你若累时／就顺着它的指引回来／／哎！待你回时，我折断的伤口／该是又长出新芽，朝你的路口张望／／青青柳枝下，有你喜欢的唐诗宋词／有家乡欢乐的稻子，幸福的荷花。"《野菊花》："溪岸边，俏然卓立／你飘飘欲仙，轻易俘获了／古往今来的深秋，深秋尽处／那些经霜的落寞／／微举一盏鹅黄／醉翻漫川山水／巧笑倩兮，美目盼兮／滴滴接饮你的清丽／我烂醉如泥／／何须待黄昏，东篱把酒／我只要抢在蜜蜂之前／着一蕊花魂，消蚀三秋／最后的一支风骨。"

　　作者捧览，即赋诗三章，以抒感想。

【笺　注】

　　[1] 彳亍：chì chù，意思为慢步行走。形容小步慢走或时走时停；犹疑不定。明·李贽《观涨》："踟蹰横渡口，彳亍上滩舟。"

　　[2] 漷漷：guó guó。水流声。宋·王十朋《漷漷岸下水》："漷漷岸下水，汝流欲何之。但见日东注，宁有还源期。尼父川上叹，逝者亦如斯。人生百年间，扰扰无已时。利名役初心，百欢无一追。待汝后知悔，桑榆景堪悲。感此盍悟彼，毋为浪吁嘻。"

冬飞南宁（2首选1）

（2009年12月12日）

机场道中

脱掉棉衣换衬纱，道旁列队是山花。
此行无意寻芳去，却到春光烂漫家。

咏竹示儿（10首选8）

（2010年1月11日）

青松有志长迟迟，春报寒梅属女姿。
最爱房前肥土竹，年来孕笋耸云枝。

长竿直上入苍穹，纵览风云变幻匆。
新笋高林相护佑，嘴尖切忌腹中空。

新笋从无恋暖床，逢春破被向朝阳。
竿头百尺诗相贺，劲节虚心更莫忘。

十年光景快如梭，莫放人生苟且过。
笋长一年材可用，书攻万卷不为多。

聪明最易少思量，清水半勺响过墙。
学取虚心清静竹，戒骄戒躁薄云翔。

风雪冰霜苦自持，云霄雨露固先滋。
虚心立就凌云志，渭水姜公是汝师。

吃尽寒霜冰雪苦，逢春沐雨展婵娟。
耸身直上千寻外，眼界能观万里天。

寂寞出生荒野外，不图雪里扮奇观。
清明世上需贤士，趁势离山作钓竿。

【笺 注】

姜公：即姜太公（约公元前1128~约公元前1015），本名姜尚，姜姓，字子牙，曾被封于吕地，故又称吕尚，被尊称为太公望，后人多称其为姜子牙、姜太公。其先祖曾做四岳之官，辅佐夏禹治理水土有大功。舜、禹时被封在吕，有的被封在申，姓姜。夏、商两代，申、吕有的封给旁支子孙，也有的后代沦为平民，吕尚就是其远代后裔。是中国历史上最享盛名的政治家、军事家和谋略家。

吕尚曾经穷困，年老时，借钓鱼的机会求见周西伯。西伯在出外狩猎之前，占卜一卦："所得猎物非龙非螭，非虎非熊；所得乃是成就霸王之业的辅臣。"西伯于是出猎，果然在渭河北岸遇到太公，与太公谈论后，西伯大喜："自从我国先君太公就说：'定有圣人来周，周会因此兴旺。'说的就是您吧？我们太公盼望您已经很久了。"因此称吕尚为"太公望"，二人一同乘车而归，尊为太师。

竹制簸箕（2首）

（2010年1月12日）

拔地凌云抒壮志，曾经霜雪忍煎熬。
一生荣辱随机遇，不是枝枝作凤箫。

听命编筐作簸箕，运肥装土不知疲。
位卑且尽平生力，种稻栽蔬不误期。

思念竹山湾（6首）

（2010年1月13日）

春来拔地耸南陔，顾自繁荣不用催。
斗雪凌霜人不见，虚心以待远朋来。

终年寂寞住深山，雨雪风霜不改颜。
谦逊修身知自苦，层层有节未曾弯。

毕世修来百尺长，葳蕤绿叶蓄春光。
有朝一日仪丹凤，碧玉琅玕作洞房。

竹海随风起巨澜，豪情万丈满山峦。
平生潇洒非装秀，不放俗人近眼看。

久困深山不自悲，白云常与论新奇。
已萌坚毅出山意，报与高天日月知。

山鸟啾啾驱寂寞，流泉汨汨润根深。
他年凿就出山路，济世为民一寸心。

【笺　注】

[1]竹山湾：位于作者家乡老房屋东北1公里许，家里编制和使用的竹椅、竹凳、米筛、竹箩、竹床、竹篮、簸箕、背篓、皮篓等所需竹子均出自此地。

[2]葳蕤：wēi ruí，草木茂盛枝叶下垂貌。汉·东方朔《七谏·初放》："便娟之修竹兮，寄生乎江潭。上葳蕤而防露兮，下泠泠而来风。"南朝·梁·江洪《咏蔷薇》："当户种蔷薇，枝叶太葳蕤。"

除夕买百合鲜花（2首）

（2010年1月13日）

百合花期迈夏秋，深红浅紫展娇柔。
新年喜步寒梅后，笑引春风上客楼。

瓶中但把深情驻,且放清香守岁阑。

无土无根君莫笑,绝尘高致美人间。

【题解】

　　百合花,别名重箱、山丹、摩罗、中逢花等,花期5～10月,是圣洁、百年好合的象征,有云裳仙子之誉。2010年元月13日(大年三十),作者购买鲜百合花三枝,插在餐桌水瓶中,花香浓郁,正月初三败了一枝,初五全败。我写五绝诗一首:"花放香薰屋,村姑累效颦。三天花败后,无泪只伤神。"作者见之,亦赋此二绝。

盆栽双棵君子兰(2首)

(2010年1月15日)

竹底松根是课堂,修成正果下山岗。

高名屡博哲贤眷,无愧人间第一香。

仲夏含苞蓄彩霞,隆冬邀雪展芳华。

一年姐妹依婚约,嫁与和谐盛世家。

资江荣华段老艄公（3首）

（2010年1月16日）

出 航

云根拔起散江烟，撑破沉眠水底天。
一片青山相送远，清泉壮瀑又迎前。

收 船

山根咬定系新艚，稳扎河岩树铁篙。
米酒鲜鱼成饱醉，月依人影卧波涛。

渡 船

航行万里未离乡，送往迎来日日忙。
学子荣归高唤渡，寒暄絮絮报衷装。

【笺 注】

[1] 艄公：操舵驾驶船的人，也泛指以撑船为业的人。明·施耐庵《水浒传》第四一回："那摇官船的艄公只顾下拜。"叶文福《北京的歌·我爱祖国万重山》："艄公爱闯千层浪，雄鹰爱飞万里天。"

[2] 艚：cáo，以舟船运送粮草。后来引申为载货的木船，有货舱，舵前有住人的木房。

[3] 铁篙：资江荣华段，木船上用于撑船离、靠岸和稳船的一种篙杆，用长6~8米竹杆，两端对称抽出4~6片，用铁皮包紧敲实成尖，船靠岸后从船头一孔插入岸泥中将船固定。

[4] 蓑装：在作者家乡，用草或者棕皮编织成的，厚厚的像衣服一样能披在背上用以遮雨的雨具，分别叫草蓑、棕蓑，通称蓑衣。蓑衣配合斗笠叫蓑装，用以遮雨，穿在身上劳动十分方便，秋天天气变冷，还可御寒。

登天安门城楼感赋（3首）

（2010年1月20日）

长空万里播湘音，百载终酬雪耻心。
每念斯时犹泪下，高悬北斗不迷津。

崎岖道路记沉吟，革弊开新改旧音。
欲写春天多故事，缤纷花事动人心。

英雄碑耸入云天，铭记河山破碎篇。
感故知新多努力，前程似锦更扬鞭。

【笺 注】

[1] 长空万里播湘音：指1949年10月1日开国大典上，毛泽东在北京天安门城楼上庄严宣布："同胞们，中华人民共和国中央人民政府今天成立了！"

[2]春天多故事：1992年1月18日至2月21日，邓小平视察武昌、深圳、珠海、上海等地，发表了重要讲话。其中最著名的论断包括：不要纠缠于"姓资"还是"姓社"的问题讨论；"改革开放的判断标准主要看是否有利于发展社会主义社会的生产力，是否有利于增强社会主义国家的综合国力，是否有利于提高人民的生活水平"；"计划和市场不是社会主义和资本主义的本质区别"，"中国现在要警惕'右'，但主要是防止'左'"等等。这个讲话标志着继毛泽东思想之后，马克思主义与中国实际相结合的第二次伟大历史性飞跃的思想结晶——邓小平理论的最终成熟和形成。邓小平的南方谈话对中国90年代的经济改革与社会进步起到了关键的推动作用。

从天津飞深圳到东莞（2首）

（2010年3月23日）

深圳掠影

南行领燕剪深冬，世代渔村变市容。
卅载特区奔快道，中华起舞第一龙。

返飞天津

不待阴天作雨侵，飞机已过万山岑。

愿携云水三千里，云贵川渝洒沃霖。

【笺　注】

［1］一：旧读入声，今读平声。清代女诗人何佩玉《一字诗》："一花一柳一鱼矶，一抹斜阳一鸟飞。一山一水中一寺，一林黄叶一僧归。"宋·陆游《梅花》："闻道梅花坼晓风，雪堆遍满四山中。何方可化身千亿，一树梅花一放翁。"

［2］沃霖：wò lín，滋润干旱的大雨。宋·梅尧臣《次韵和马都官苦热》："日光亭午时，赫若熔黄金。鸣鸢不生风，流云不成阴。赤地有焦土，烈野无沃霖。涸潭深幽幽，枯岳高岑岑。"清·陈忠平《苦旱》其二："剧惜雩台圮，空将蒿目瞑。谁戳高天漏，沃霖分渴民。"

从飞机上俯瞰天山瑶池（2首）

（2010年5～7月）

乌市高天似海蓝，穹庐巨顶盖冰山。
博峰迎客情殷切，捧出瑶池碧玉盘。

天池俯看如仙境，队队霓裳舞袖翻。
疑是仙娥来沐浴，云帘垂挂怕人看。

【笺　注】

［1］博峰：博格达峰，海拔5445米，在新疆维吾尔自治区阜康市境

内，峰顶冰川积雪，终年不化，银光闪烁，与山谷中的天池绿水相映成趣，构成了此地高山平湖的优美景色。博格达峰上狂风怒号，气候恶劣，温度常在冰点以下。博格达峰海拔高度虽不惊人，但登山难度绝非寻常。在主峰的东西方向，分别排列着 7 座 5000 米以上的高峰。博格达峰山体陡峭，西坡与南坡坡度达 70°～80°，只有东北坡稍缓。因此，该峰在 1980 年以前只有英国和前苏联登山队前来攀登，1981 年 6 月 8 日由日本京都队 11 人开创登顶纪录。1998 年 8 月 4 日，中国人第一次踏上了天山山脉东段最高峰博格达峰。

[2] 天池：古称"瑶池"，在乌鲁木齐东北 100 公里，博格达峰北坡山腰。湖面海拔 1910 米，南北长 3.5 公里，东西宽 0.8～1.5 公里，最深处 103 米。湖滨云杉环绕，雪峰辉映，非常壮观，为著名避暑和旅游胜地。天池成因有古冰蚀—终碛堰塞湖和山崩、滑坡堰塞湖两说。由天池流出的三工河为山麓阜康县农牧业主要灌溉水源。天山天池风景区以高山湖泊为中心，雪峰倒映，云杉环拥，碧水似镜，风光如画。

南宁修建高铁（3 首）

（2010 年 10 月 1 日）

鹧鸪山里忍悲咽，隧道何堪驻足看。
苦劝违章"行不得"，恣行招祸悔生前。

底事狂飙呼啸巡，一江浊水漫关津。
浪花蓄有滔天势，难煞行船掌舵人。

无端天气似娇孩,喜怒无常颇费猜。

烈日方才张笑脸,须臾雨泪又重来。

【题解】

2010年7月11日,作者正在武咸高铁工地检查安全质量,下午听到湘桂高铁那适二号隧道塌方,于12日赶往南宁参与救援。因施工队未按规范和设计图纸施工,拱架间距过大,初支背后空洞多,导致隧道顶部失稳,坍塌关门70多米,10人全部遇难。遇难者于2011年7月8日挖出,遗体腐烂难辨,只剩骨头和胶靴内脚部。

【笺注】

[1] 鹧鸪:zhè gū,中等体型30厘米,又称中国鹧鸪、越雉、怀南。属鸡形目、雉科。枕、上背、下体及两翼有醒目的白点,背和尾具白色横斑。头黑带栗色眉纹,一宽阔的白色条带由眼下至耳羽,颏及喉白色。雌鸟似雄鸟,但下体皮黄色带黑斑,上体多棕褐色。虹膜为红褐色,嘴近黑色,脚为黄色。多在矮小山岗的灌木林中活动,有时候3~5只结群寻找食物。遇惊时很快地匿藏在灌木丛深处,很难发现。脚爪强健,善于在地上行走,虽不常飞行,但飞行速度很快。主要以蚱蜢、蚂蚁等昆虫为食物,分布区主要在中国境内,国外见于印度、老挝、缅甸、泰国和越南。其叫声:"行不得也,哥哥。"

[2] 柳南高铁南黎段多穿越山丘,海拔154~254米,自然坡度10°~35°,植被发育,桉树茂密。铁路终年如环绕在春天之中。

傍晚看南宁夏景（2首）

（2010年10月3日）

芒果树

果婴熟睡可人意，忽响雷声震耳边。
急得夕阳扒缝看，依依不下虎山巅。

大榕树

撑开伞盖庇千军，独木成林天下闻。
美髯风华惊四海，千龄生子更成群。

【笺 注】

[1] 虎山巅：指南宁西边的龙虎山脉。

[2] 在孟加拉国热带雨林中，生长着一株大榕树，垂挂"气根"4千余条，柱根相连，柱枝相托，枝叶扩展，形成遮天蔽日、独木成林奇观。巨大树冠投影面积竟达1万平方米，曾容纳一支几千人的军队在树下躲避骄阳。南宁大榕树虽无此大，但足以容纳十数小孩捉迷藏。

昆仑关纪行（4首选3）

（2010年10月16日）

俯 松

风欺雨打势犹尊，屹立高岗稳扎根。
千载男儿长作礼，昆仑关上拜英魂。

忠 骨

钢军铁旅巅峰阵，血肉长城保万家。
偶见山头白骨立，依然守土卫中华。

柱 联

名将题诗慷慨辞，血花飞舞御倭儿。
我来恰遇秋阳落，霞浸昆仑景浸诗。

【题　解】

[1] 昆仑关：位于广西南宁市宾阳县与邕宁县昆仑镇交界处，距广西首府南宁市50公里。相传昆仑关是汉代伏波将军马援所建，距今已有一千多年的历史。昆仑关是南宁市门户和屏障，地势险要，易守难攻，是兵家必争之地。据历史记载，昆仑关曾发生过数次大规模的战斗，其中，最著名的是宋狄青与侬智高之战和1939年中日昆仑关之战。

［2］1939年底发生在昆仑关的抗日战争，对垒双方都是钢军铁旅，参战日军第五师团原在东北战场上和苏军有过交战，威名赫赫；中国参战主力是杜聿明指挥的陆军第五军，为蒋介石嫡系部队，装备精良，忠勇精锐。战役展开十多天，我方伤亡一万五千余人，日方死亡四千多人，日军第五师团少将旅团长中村正雄被我军炮击毙命。

［3］杜聿明将军在昆仑关战役南牌坊外柱题联："血花飞舞，苦战兼旬，攻克昆仑寒敌胆；华表巍峨，扬威万里，待清倭寇慰忠魂。"蒋中正题内柱联："芳烈长流，为国家尽忠，民族尽孝；英豪继起，信抗战必胜，建国必成。"

杜聿明将军（2首）

（2010年10月19日）

昆关绿树插云天，故垒依稀认变迁。
蕞尔扶桑曾作祟，中华名将静妖烟。

凯歌名将作诗人，雨夜千家警句新。
瀛海近来翻恶浪，谨防妖雾起东邻。

【题　解】

杜聿明将军：黄埔军校第一期毕业生，国民党上将。抗日战争时期任国民党第五军军长、中国远征军第一路副司令长官、第五集团军总司令兼昆明防守司令，昆仑关战役的胜利，使他名垂青史。战役结束后，他下令修建烈士陵园和南北牌坊。

【笺 注】

[1] 蕞尔：zuì ěr，形容小（多指地区小）。如蕞尔小国。唐·刘禹锡《贺收蔡州表》："蕞尔元济，敢怀野心！"宋·辛弃疾《水调歌头·和马叔度游月波楼》："客子久不到，好景为君留。西楼著意吟赏，何必问更筹。唤起一天明月，照我满怀冰雪，浩荡百川流。鲸饮未吞海，剑气已横秋。野光浮，天宇迥，物华幽。中州遗恨，不知今夜几人愁。谁念英雄老矣，不道功名蕞尔，决策尚悠悠。此事费分说，来日且扶头。"

[2] 警句：指杜聿明《昆仑关绝句》："北海风迷骑士道，昆仑月葬大和魂。扶桑万里樱花节，雨夜千家数泪痕。"

[3] 2010年9月7日，一艘中国拖网渔船在钓鱼岛西北约12公里海域，被日本巡逻船撞击。日本海上保安官登上中国渔船检查，并扣押中国船员。

从广元飞北京（3首）

（2010年10月29日）

起 飞

千尺嘉陵半步穿，剑门闪越上青天。
诗仙倘与同机旅，定改从前蜀道篇。

飞　行

万米高空不胆寒，借飞云路半天宽。
莫因已步青云道，遗忘民间行路难。

着　陆

青云道上坦途宽，万里云天当海看。
飞尽航程须降落，要防脚下有峰峦。

【题　解】

广元盘龙机场：简称"广元机场"，位于中国四川省广元市利州区盘龙镇，距广元市中心13.4千米，为4C级国内支线机场。作者于2010年10月下旬去兰渝铁路梅岭关隧道指导工作，回到天津创作此诗。

【笺　注】

嘉陵：指四川省广元段嘉陵江。长江主要支流。发源于陕西省凤县，南流经四川，在重庆市区注入长江。长1119千米。上游滩多流急，广元以下可通航。

重游青秀山（11首选7）

（2011年5月20日）

青秀山

《青山歌》赋远名扬，绿肺南宁护健康。

假若真金埋厚土，千年万载掩光芒。

状元泉

掌故流传啜饮贤，头颅抢破引山泉。

黎民望子情尤迫，哪晓珍珠苦孕先。

箭毒木

毒树无情亦有情，驱除外侮立功名。

如逢斧砍焚烧劫，毒死烟薰眼丧明。

壮　锦

经纶妙手撷朝霞，亿万蚕丝绘景华。

引得红衣仙女爱，天堂何日驻农家？

铜 鼓

歌舞升平易醉春，梦中犹自向边巡。
海疆万里凭谁守，应鼓风雷镇恶邻。

帽子岭

才俊从来热血多，丹心一颗补山河。
雨登帽岭南疆望，伫听军民唱国歌。

水月庵

邕江玉带起晴岚，胜地新成水月庵。
污吏贪官筹暗度，蒲团空自拜佛龛。

【笺 注】

[1]青秀山：位于南宁东南9公里处邕江畔，被誉为"南宁巨肺"。是明朝董传策发现，并写古风《青山歌》，其中有："青山四时常不老，游子天涯觉春好。我携春色上山来，山花片片迎春开。"

[2]状元泉：相传古代有一个上无片瓦下无一寸地的穷书生，白天乞讨，晚上学习，寒暑如常，后来考上状元。由于他发现这眼泉，故名状元泉，又叫乞丐泉。当地居民认为喝了泉水聪明，争相给孩子取水，常常争得头破血流。

[3]见血封喉，又名箭毒木，是一种剧毒和药用植物。当地少数民族在历史上曾将见血封喉枝叶、树皮捣汁涂在箭头，射猎野兽，抵抗外族侵略者。凡被射中的人兽，上坡跑七步，下坡跑八步，平路跑九步必死无

疑，称为"七上八下九不活"。箭毒木的乳白色汁液含有剧毒，一经接触人畜伤口，立即使心脏麻痹，血管封闭，血液凝固，窒息死亡。

[4] 帽岭：即帽子岭，有广西学生军抗日烈士纪念碑，高20米，花岗岩构建，碑体镶嵌抗日激烈战斗场面浮雕，铭记着70多年前广西学生军英勇抗日的历史。1939年南宁沦陷，广西抗日学生军参战978次，其中10多名正值青春年华的学生英勇牺牲，用热血谱写了一曲悲壮动人的青春之歌。

[5] 水月庵：距今有300多年，始建于清朝康熙四十四年。原在临江街邕江边上，因庵堂面江，夜里水月相映，寂印禅心，故名。当时南宁香火鼎盛。抗战时期，水月庵于1938年8月30日被日机轰炸，大厅被毁，死伤尼姑及避难民众60多人。1988年迁青秀山重建。

[6] 佛：旧读入声，今读平声。此用新四声，读平声。

读息云师信（2首）

（2011年6月18日）

两度年传金玉笺，宛如慈父踱身边。
离窝小雁高飞远，总把金针授眼前。

诗文人品两衡巅，桃李家乡处处妍。
安得园中添片绿，程门立雪写新笺。

【题　解】

邹息云（1927.09.18～2012.05.19），湖南省新化县人，1947年7月于国立师范学院体育科毕业，8月赴台湾省嘉义工业学校任教一年半，1949年元月回中国大陆，10月参加中国人民解放军，参加湘广剿匪，并任广州警备司令部参谋，1954年转业。相继在新化一中和新化师范任语文、体育教师，1957年被错划为右派，1958年开除公职，送劳动教养。1960年底因病重遣送回家务农。1979年恢复名誉，复职后任新化三中语文教师至退休。

曾为湖南省新化县第五、六、七届政协委员，中学高级教师。1995年被评为新化县十大新闻人物。中华诗词学会和湖南省作家协会会员。莨江诗社常务副社长，《莨江诗词》主编。

已出版或发表主要著作：长篇历史小说《大漠传奇》（86万字）、《梦虎缘》（48万字）、《临安五女侠》（30万字）、长篇乡土小说《毛板船与宝庆码头》（40万字）、《息云诗词》（40万字）等。

他是作者上高中时语文老师，每年给作者写两封信，帮助作者修改诗词习作，指导作者诗词写作。

【笺　注】

[1]金针：指诀窍。金·元好问《论诗》之三："鸳鸯绣了从教看，莫把金针度与人。"由此也可看出邹先生的高风亮节。

[2]衡巅：南岳衡山，绵延数百公里，有七十二峰。南岳四绝是：祝融峰之高，方广寺之深，藏经殿之秀，水帘洞之奇。山巅祝融峰，海拔1290米。

依韵和李刚太先生《咏鸿沟二绝句》（2首）

（2011年7月10日）

黄河助帝幸东游，万股纤绳下郑州。
浊水鸿沟堪负重？载舟难料不倾舟。

荥阳划界非长计，归服民心属汉刘。
台海汪洋三百里，求同存异补鸿沟。

【题　解】

李刚太《咏鸿沟二绝句》其一："黄河入汴帝东游，宫女三千过郑州。别有鸿沟宽且甚，渔人冷眼看龙舟。"其二："从来咏史多怜项，谁料人心应属刘。划界荥阳儿戏事，兴亡未可怨鸿沟。"

【笺　注】

鸿沟：古渠名。魏惠王十年，魏国在今荥阳北凿引黄河水通圃田泽。战国至秦称鸿沟。汉以后称蒗荡渠。经开封北，从东南流至淮阳，南入颍水，下游入淮。汉高祖四年，刘邦、项羽以鸿沟为界中分天下，西为汉，东为楚。自今荥阳市北引黄河水经郑州北入圃田泽，此段通称"鸿沟"。

咏黄牛（2首）

（2011年12月22日）

留恋从前奋力耕，憩时野草齿香生。
铁牛功倍吾辞岗，不已雄心绕垄行。

平原大块好田畴，高效耕耘赖铁牛。
路窄山高难到处，挺身披挂解人愁。

正月初二游友谊关（3首）

（2012年2月25日）

葛绕藤缠辅岭荒，新年雨洗漫寒凉。
硝烟扫净虽平静，雾霭迷蒙障艳阳。

重谊输粮度塞关，节衣缩食忍饥寒。
中山狼性终难改，又启艨艟肇祸端。

弱国高谈友谊空，关楼两毁五羞逢。
平安莫忘沙场骨，墙拱清新认弹窿。

【题　解】

［1］友谊关早在汉朝已设，距今二千多年。关楼左侧是左弼山城墙，右侧是右辅山城墙，犹如巨蟒分联两山之麓，气势磅礴。关楼曾五次被侵略者占领，在中法战争和抗日战争中两次被毁。

［2］二十世纪六七十年代，我国援助越南武器、粮食等物资二百亿美元，从友谊关运往越南支持越南抗法抗美救国。1978年越南多次侵略中国边境，1979年2月17日至3月16日，中国发起自卫反击战，沉重打击了越南的侵略行为，1981年收复扣林山、法卡山，1984年收复老山、者阴山、八里河。

［3］2012年2月24日（农历正月初二），作者带领湘桂指挥部留守12名员工，冒雨去友谊关游览。天公作美，到达友谊关后，云开雾散。

晚过资江（2首）

（2012年4月4日）

榜落孙山忆旧时，曾掀浊浪阻归迟。
江神也具高低眼，今日波光带笑姿。

横溪跳跃入江斜，逆向源头是我家。
抬眼九龙山上望，白云峰颈系巾纱。

【笺　注】

［1］高低眼：眼睛左高右低，眼球也是，眼睛一个大一个小，左大右

小。这里指势利眼，待人态度是以对方财势的多寡、官位高低而决定亲疏高下的关系。

[2] 九龙山：位于九龙池西北方向的九龙峰顶，海拔1630米，距离九龙池大约800米。是娄底地区海拔最高的山。九龙池的位置在安化县和新化县的交界处，属于新化县大熊山国有林场。

壬辰清明祭祖父祖母（2首）

（2012年4月5日初稿，10日修改）

祖母情深护长孙，清明犹似返山村。
呼风唤雨湿茔地，任借鞭花诉大恩。

山途十里上学行，祖父精心测雨晴。
最忆楼前伸颈望，童孙虎虎转归程。

【题解】

[1] 作者于2012年（壬辰年）独立出资，为其祖父、祖母立石碑、修筑祭台，在清明节与其三弟胡毅及小妹白玉、妹夫张小东等一起回到故乡孝芳冲，专程祭拜祖父祖母。

[2] 作者祖母谭桂莲，生于己酉年十月十八日（1909年11月30日），故于己酉年正月二十二日（1969年3月10日），享年61岁。在世时对作者非常疼爱。

作者祖父胡贤佑，生于癸卯年闰五月二十九日（1903年7月23日），故于庚申年三月一日（1980年4月15日），享年78岁。在世时对作者十分关心，教读《三字经》《增广贤文》，教打算盘。作者在共大学校上学，要走十多里山路，祖父每天傍晚都要认真观测风向、晚霞、云雾等，判断第二天是否有雨，是否要带雨具。每天傍晚放学回家，祖父都要站在偏楼台阶上凝望，直到望见孙子在回家的路上才放心。

【笺　注】

学：旧读入声，今读平声。此依新声，读平声。

别孝芳冲（2首）

（2012年4月7日初稿，12日修改）

最喜家乡四月天，壮牛勤奋稻秧芊。
纵然布谷声声唤，游子难留共种田。

我别家山山别我，山林含泪未轻流。
我行十里回头望，山顶依然目送悠。

痛悼息云师（4首）

（2012年5月19日）

愕听文星陨昊天，梅山雨泪楚湘咽。
彰扬正气失旗手，问慼如何寄信笺？

军功教授付劬劳，文赋诗词境界高。
载誉今朝继欧邓，悲风卷泪涌波涛。

荑江坛坫举旗幡，领异标新启后昆。
每次回乡欣拜谒，我今何处觅程门？

骚坛谁复领文军？北塔千寻绕恸云。
资水滔滔声哽咽，风挽街树泪纷纷。

【笺　注】

[1] 楚湘咽：咽，本义读仄声，今借其平声韵，读 yān。

[2] 欧邓：清代新化县两位著名诗人欧阳辂和邓湘皋。欧阳辂（1767～1841），字涧东，乾隆五十九年（1794年）举人。工于诗，有《磵东诗钞》10卷，尊之者奉为"韩苏而后一人"，贬之者则谓"楚人罕称述欧阳先生"。邓显鹤（1777～1851），字湘皋。嘉庆九年（1804年）举人。笃于内行，博览群书，足迹半天下，海内文人，多慕与之交。工诗古文辞，著有《南村草堂诗钞》24卷，《文钞》20卷，又纂《资江耆旧集》64卷，《沅湘耆旧集》200卷，《宝庆府志》157卷等。

象鼻山（2首）

（2012年9月15日）

雄奇象鼻吻青罗，日引游人注目多。
痛饮千年甘洌水，至今犹未返山坡。

漓山玉液味甘鲜，透体通心饮欲仙。
本是天神巡桂地，贪杯月夜醉江边。

【题　解】

象鼻山：原名漓山，位于广西桂林市内桃花江与漓江汇流处，山因酷似一只站在江边伸鼻豪饮漓江甘泉的巨象而得名，为桂林山水的象征。

象鼻山以神奇著称。首先是形神毕似，其次是在鼻腿之间造就一轮临水明月，构成"象山水月"奇景。因此，象鼻山是桂林的城徽山，标志山。象鼻和象腿之间是面积约一百五十平米的圆洞，江水穿洞而过，如明月浮水。坐落西岸的象山水月与漓江东岸的穿月岩相对，一挂于天，一浮于水，形成"漓江双月"的奇特景观。

风　车（2首）

（2012年12月20日）

手摇叶转扇清风，秕粒精华各北东。
倘有私心充滥数，风车一过梦成空。

风车公正古来勤，糟粕精华顷刻分。
要使米缸无土粒，稻黄收获预防殷。

【题　解】

风车：即风谷车，我国农业种植中用来去除水稻、燕麦、荞麦等农作物子实中杂质、瘪粒、秸杆屑等的木制传统农具。

萤火虫（2首）

（2013年5月初稿，12月修改）

童年玩性数头名，夜色铺天盖地倾。
幸有飞萤前引路，悬消父母几虚惊。

自我燃烧漫舞飞，不因灯小叹卑微。
翻开晋史君知否？映雪囊萤事迹辉。

井冈山纪游（2首）

（2013年12月）

莫笑途穷野岭藏，红军游击起山冈。
若非火种辛勤播，哪有红旗万里扬。

山雄气悍当年苦，革命摇篮万世夸。
智勇军民开曲径，奠基石上立中华。

鲁迅绍兴故居（2首）

（2013年12月）

朝花野草添华盖，旧木文房笔涌波。
迭起鸡声催月落，灯光依旧透窗多。

孺子牛儿挤奶浓，灵魂萎靡定专供。
先生道义双肩荷，唤醒晨曦破夜冬。

【笺　注】

朝花野草添华盖：指中国现代著名文学家、思想家、革命家鲁迅（1881.09.25～1936.10.19）散文或杂文集《朝花夕拾》《野草》和《华盖集》。

甲午清明赵都灵塔园祭父母（2首）

（2014年4月10日）

祭祖曾经随父母，今哀父母已八年。
寒风相送心翻泪，墓塔轻拍手感铅。
孝敬生前堪慰藉，顺从晚境有差偏。
陵园后辈碑前立，愿与相磋幼老贤。

每忆严慈感爱长，含辛茹苦育儿郎。
夕阳萎瓣贴山坳，茧手勾锄种豆粮。
热汗催生温饱梦，丹心化作曙曦光。
临终至信天公正，扫去残冬百卉香。

【笺 注】

[1] 八、拍、藉、俱：皆旧读入声，今读平声。在这两首七律中皆依新声。

[2] 孝顺：尽心奉养父母，顺从父母的意志。晋·袁宏《后汉纪·安帝纪上》："观人之道，幼则观其孝顺而好学，长则观其慈爱而能教。"作者多次给我说过，他对父母的孝顺，孝做到位了，顺有欠缺。如有一次吃晚饭，老人家想喝啤酒，作者知道老人家患有严重的风湿和肺结核出血，劝他不能喝，未遂其愿，使老人不高兴，后很感内疚。

南广高铁通车（2首）

（2014年6月10日）

两粤关山千里远，今朝有幸共新家。
邕州周末清晨起，车到花城啖早茶。

万里驱驰报国家，春花秋月笑霜华。
卅年哪计双休假，尽在深沟险岭爬。

【题 解】

　　作者主持施工的南广高铁始自南宁站，经贵港、梧州和云浮、肇庆、佛山至广州南站，为双线电气化国家Ⅰ级铁路，设计时速200-250公里/时，线路全长577.1公里，其中广西段349.8公里，于2014年4月18日正式开通运营，从南宁到广州只需3小时。

静夜思（2首）

（2014年8月6日）

剪取云霞收夜雨，晚回孤鹤箭伤明。
银装恐至冬心冷，绿袄谣传春意荣。
皤鬓黑丝河两岸，枯枝嫩叶岁单程。
平凡似纸由升降，随遇吟诗寄远情。

人生遇堵莫悲伤，如日中天戒傲狂。
洒汗耕耘期硕果，堆言赞誉假春芳。
高低地位心胸坦，贵贱身名物欲常。
小鸟山花乡下住，无须仰首看晴光。

咏水泥（3首）

（2014年8月24日）

石沙共聚挺桥梁，矗立江河气自昂。
洪水滔天摧欲毁，心中定力拄如常。

搅拌灵魂自坦然，高楼大厦耸云烟。
身躯裸露寒风紧，造福人间不计年。

粉身碎骨非归宿，结义石砂抱水融。
顷刻翻成新自我，高桥隧道握长空。

钢筋弯曲机（2首）

（2014年10月1日）

骨肉坚强收臂膀，旋程按步隐强拳。
钢筋勇赴劳弯曲，为送高楼上碧天。

灰身笨脑又粗头，出手方知臂力道。
巧把钢筋弯似月，心中九九已先筹。

桥梁打桩机（2首）

（2014年10月15日）

激情饱满苦锤锤，曲调深沉意味奇。
为使桥梁扎稳脚，泥身垢面久坚持。

两岸通途似彩虹，长龙掣电疾驰风。
高墩挺举深坑稳，端赖桩机幕后功。

一言绝句·浪花

（2015年6月30日）

海，咳。
怒，开。

二言绝句·咏酒（3首）

（2015年5月11日）

火性，泉形。
喜庆，杯馨。

掏真，忘苦。
溜神，事误。

消忧？火球。
蠢瘾，聪谋。

三言绝句·碎言诗语（3首）

（2015年5月25日）

飞 蛾

怕阳光，侬夜掩。
见烛明，欲扑焰。

咏 舵

航大海，靠君前。
可明事？赖船牵！

咏 星

常谦认，月臣民。
请腰挺，日兄邻。

四言绝句·咏桨（2首）

（2015年6月2日）

鼓点催征，旗唤激情。
君输同步，舟稳箭行。

何时最美？尽在浪里。
颠舟抱怨，几拨春水？

五言绝句·想念故乡（2首）

（2015年5月2日）

梅雨随檐滴，悄悄渗梦魂。
石阶苔绿厚，又浸泪新痕。

手持神画笔，倚梦绘山耕。
便是蛇溪水，仍难洗墨清。

六言绝句·算命盲人（2 首）

（2014 年 11 月 9 日）

凄切胡弦暮秋，懒阳似夜含忧。
偏街小巷沉寂，几曲孤苦倾愁。

算人命运分明，自路由人导行。
残岁丐孩伴度，苟持拐杖延生。

七言绝句·输电塔（2 首）

（2015 年 6 月 15 日）

坦地高山寻落处，张开两臂耸天穹。
不辞雨雪风霜苦，蓄火扛雷立伟功。

擎天立地屏声气，挽手昂胸气概遒。
千里绵延如劲旅，光明运送到前头。

咏野黄连（2首）

（2015年7月28日）

壑谷深居沐晓岚，阳光背对可相探。
君能果敢尝真味，方解黄连有内涵。

长相尖酸叶刺低，翻牵诤友起痴迷？
人生嚼得黄连苦，自越湖淤去脚泥。

赤峰乌兰布统草原（3首）

（2015年9月19日）

蓝天寂寞下乌园，铺向人间变草原？
俯首羊群飘雪絮，抬头烟柱绕燕然。
茸茸巨毯温柔梦，谡谡长林气魄喧。
南秀北雄兼饱览，苍茫意境引流连。

分明锦缎展乌乡，怎解游人唤草场？
梦幻银丝依夜月，流苏金线绣朝阳。
疏边桦树能驰马，密樾枝杈可透光。
最是神奇观夏季，每旬花色换新妆。

太平洋上不平安，水域长方隐陆滩？

远处雪山涛滚滚，身边毡牧语欢欢。

草花彩毯铺柔锦，天盖蓝巾笼野宽。

无绊穿行如大海，胸襟开阔迓曦丹。

【题　解】

乌园：即乌兰布统草原，位于克什克腾旗最南端，与河北围场县的赛罕坝林场隔河相望，距北京只有300多公里。乌兰布统是清朝木兰围场的一部分，因康熙皇帝指挥清军大战噶尔丹而著称于世，更以其迷人的欧式草原风光，成为中外闻名的影视外景基地。这里属丘陵与平原交错地带，森林和草原有机结合，既具有南方优雅秀丽的阴柔，又具有北方粗犷雄浑的阳刚，兼具南秀北雄之美。四季皆宜，处处皆景，是摄影之乡、天然画廊、露天影棚。

【笺　注】

[1] 燕然：燕然山，即蒙古国中部的杭爱山。长约700公里，一般海拔3000米左右，在汉代称为燕然山，离雁门关1800公里左右，是历代王朝军队可以深入漠北追击游牧民族的极限。杭爱山以北，称为"极北"，基本上被视为蛮荒地带。

[2] 谡谡：sù sù，挺拔的样子。宋·苏轼《西湖寿星院此君轩》："卧听谡谡碎龙鳞，俯看苍苍立玉身。"柳亚子《鲁游杂诗》："燕齐遇怪君休诮，谡谡松风夹道凉。"

[3] 樾：yuè，树荫。西汉·刘安《淮南子·人间训》："武王荫暍人于樾下，左拥而右扇之，而天下怀其德。"宋·苏轼《中秋月寄子由三首》其二："六年逢此月，五年照离别。歌君别时曲，满座为凄咽。留都信繁丽，此会岂轻掷。镕银百顷湖，挂镜千寻阙。三更歌吹罢，人影乱清樾。

归来北堂下，寒光翻露叶。唤酒与归饮，念我向儿说。岂知衰病后，空盏对梨栗。但见古河东，荞麦如铺雪。欲和去年曲，复恐心断绝。"清·袁枚《所见》："牧童骑黄牛，歌声振林樾。意欲捕鸣蝉，忽然闭口立。"

牛寨界（2首）

（2016年1月12日）

驰名牛寨耸穿苍，风韵犹存少妇妆。
泉眼精神肌体润，药苞珠链项领光。
春阴雾绕纱巾裹，夏烈风吹绿地凉。
最是酥胸沙土沃，五加抱种长绵香。

吾村坐落绿船中，牛寨船头北向东。
一水弯行身自洁，群山侧立势尤雄。
贫穷入市谋生计，富裕回乡创业功。
公路山乡飘玉带，长长穿过界林丛。

【题 解】

牛寨界：位于作者家乡孝芳冲东部约三里，地势较平，土地肥沃，在20世纪60~80年代，秋冬季节，常有野火连续烧十天以上，第二年野草十分丰茂，是放牛造粪的好地方。作者先父曾在山上开垦一片荒地，种植经济作物魔芋、五加皮、桔梗等，收获甚丰，外卖得钱，以供家庭日常生活开支和孩子们上学之用。

读《楚辞》怀屈原

（2016年4月5日）

文坛浪漫起强音，辞赋联翩启曼吟。
《天问》声声询命运，《离骚》句句遣忧心。
忠诚品性千秋鉴，特色诗篇万缕金。
湘北罗江当悔恨，龙舟救渡到如今。

【笺 注】

罗江：即汨罗江，在湖南省平江县境内，向西流经平江，汇入洞庭湖。汨罗江分为南北两支，南支称"汨水"，为主源；北支称"罗水"，至汨罗市屈潭（大丘湾）汇合称"汨罗江"。全长253公里，流域面积达5543平方公里。长乐以上，河流流经丘陵山区，水系发育，水量丰富。长乐以下，支流汇入较少，河道窄宽可以通航。为南洞庭湖滨湖区最大河流。战国时期楚国爱国诗人屈原曾于公元前278年农历五月初五，怀石投汨罗江自杀。

漫步金口河地质公园

（2019年1月2日）

撼岭摇山大渡河，身穿峡谷怒威多。
浪奔金口胸襟阔，峰耸青头臂膀和。

夜嵌随珠辉两岸，晨吹号角去三魔。

龙王太子喷泉射，榕髯长飘沫水波。

【笺　注】

［1］峡谷：即金口河大峡谷。2001年被国家国土资源部评为国家地质公园，为"中国最美十大峡谷"之一，位于四川省西部的金口河、汉源、甘洛三区县交界处，全长26公里，东西宽14公里，谷深达2600米，谷宽70—200米，比美国科罗拉多大峡谷还深542米，最窄处比原来公布的最窄的虎跳峡还窄20米，是四川最长、险、深、奇、雄、幽的大峡谷，被誉为"地质天书、旷世幽谷"。整个"金口河大峡谷"分上口和下口，在金口河区是下口，从汉源那边是上口。两岸壁立千仞，宛如一部"地质天书"，记录了十多亿年来地壳的神秘演进。

［2］随珠：又名悬珠、垂棘、明月珠等，即夜明珠，是指荧光石、夜光石。它是大地里的一些发光物质经过了千百万年，由最初的岩浆喷发，到后来的地质运动，凝聚于矿石中而成，含有这些发光稀有元素的石头，经过加工，就是人们所说的夜明珠，常有黄绿、浅蓝、橙红等颜色，把荧光石放到白色荧光灯下照一照，它就会发出美丽的荧光，这种发光性明显的表现为昼弱夜强。

［3］三魔：指懒、困、散。

在乐山观看东坡墨鱼感赋

（2019年1月15日）

文豪洗砚三江口，染得长鱼黑色头。
燕尾掀波欣跳跃，龙身避祸苦潜游。
雌雄爱炽泥沙立，伉俪情深火炬忧。
余墨千年淘殆尽，佳肴举筷味勾留。

【题　解】

东坡墨鱼：东坡墨鱼又名糖醋东坡墨鱼，是四川地区传统名菜，用新鲜墨鱼为主料制作而成。此菜特点色泽金黄、外酥内嫩、甜酸微辣、风味浓郁。东坡墨鱼是四川乐山一道与北宋大文豪苏东坡有关的风味佳肴。墨鱼并非海中的乌贼鱼，而是乐山市凌云山、乌龙山脚下的岷江中一种嘴小、身长、肉多的墨皮鱼，又叫"墨头鱼"。相传苏东坡去凌云寺读书时，常去凌云岩下洗砚，江中之鱼食其墨汁，皮色浓黑如墨，称之为"东坡墨鱼"。

东坡墨鱼长得"龙身燕尾"、"双鳍铁直"，头腹面有一个特别大的吸盘状口，吸附能力极强，当它吸附于江底石头上时，东坡墨鱼简直是"固若金汤"，任凭急流冲击也不会脱落。当地渔民根据它独特的凭吸附能力从一块石头往另一块石头爬行的特点和2、3月出现的时间，形象地称它为"春爬"。

东坡墨鱼在繁殖季节，鱼群高度密集，常常雌雄并排以吸盘口吸附于江底，头下尾上倒立着。诗人形容为"倔强立泥沙，矫如树黑帜"。雌雄鱼"伉俪情深"，不怕火光照射，甚至夺命的鱼叉刺来也不躲避，任凭

"渔人以火夜照叉之"。为了繁殖后代,连性命都在所不顾了。

【笺　注】

三江口：指大渡河、岷江、青衣江汇合处的乐山。

在乐山市内巴哥店吃燃面（3首）

（2019年1月27日）

古木楼台净几窗，进门点面坐厅堂。
腾腾碟碗须臾上，吃法徐君示范双。

碎末红椒似火烧，翻腾油面焰先浇。
荤丁佐料均匀拌，齿满芳香半月消。

虎咽狼吞满碟消，面香入肚火燃椒。
藕圈海带丝汤热，喝下匆匆灭焰妖。

【题　解】

燃面：是四川省宜宾地区最具特色的汉族传统名小吃。原名叙府燃面，旧称油条面，因其油重无水，点火即燃，如加碎末红辣椒，不点火似燃烧，故名燃面。燃面小吃选用当地优质水面条为主料，以宜宾碎米芽菜、小磨麻油、鲜板化油、八角、山奈、芝麻、花生、核桃、金条辣椒、上等花椒、味精以及香葱、豌豆尖或菠菜叶等辅料，将面煮熟，捞起甩干，去除碱味，再按传统工艺加油佐料即成。因为燃面是素面，改革开放以后燃面家族又多了一些新成员：例如荤燃面、燃汤面等等。

【笺　注】

徐君：指乐山项目徐书记，专请我们三人吃燃面。

四季歌吟（4首）

（2019年2月19日）

春　季

带笑深眠冷转轻，一朝醒后竞峥嵘。
浑身妩媚施魔力，天地同催老落英。

夏　季

燕舞莺歌瑞气浓，红桃紫李待谦恭。
热情似火蒸天地，人不油然举扇慵。

秋　季

成就繁多亦累人，寒风冷雨比肩频。
果边绿叶多憔悴，未老先衰片落身。

冬 季

严寒放荡溪泉逐,欲抱胸怀禁锢身。
懦水叮咚仍倔强,层冰撞破待新春。

咏金鱼(2首)

(2019年3月27日)

每日人前敞口稠,卖萌等待舍施悠。
丰衣足食当无虑,终究缸中作楚囚。

缸中任意作优游,一袭红裙脸映羞。
博得闲人欣赞许,但供玩物耻何休?

【笺 注】

悠:长,此指长久。西汉·司马相如《上林赋》:"批岩冲拥,奔扬滞沛。临坻注壑,瀿瀷賮坠,沈沈隐隐,砰磅訇磕,潏潏淈淈,湁潗鼎沸。驰波跳沫,汩濦漂疾。悠远长怀,寂漻无声,肆乎永归。然后灏溔潢漾,安翔徐回,翯乎滈滈,东注太湖,衍溢陂池。"唐·顾敻《浣溪沙》:"露白蟾明又到秋,佳期幽会两悠悠,梦牵情役几时休。记得泥人微敛黛,无言斜倚小书楼。暗思前事不胜愁。"

留守孩童杂事诗（10首）

（2019年4月15日初稿，5月10日修改）

（一）爱 笑

最喜春阳分外明，山欢水唱好心情。
昼耕夜读常微笑，减却爷头皱半成。

（二）冰 箱

慈亲我盼变冰箱，不再匆忙远故乡。
夙愿闲来冰块结，奢求夜枕母胸膛。

（三）攒 钱

鬓衰老父打工怜，春节团圆又化烟。
我誓分分钱攒足，来年抢购父三天。

（四）棉 花

棉花雪白是云孩，浪漫天真不费猜。
惟有身材还太小，难飞天上母怀偎。

(五)月 球

我盼慈亲是月球，飞船可坐探无愁。
出门母比天涯远，夜梦难逢泪枕流。

(六)日 历

子夜时针转慢悠，睡前一页扯方休。
年来每恨难逢瘦，瘦尽娘回喜悦收。

(七)月 亮

母仪宇宙月堪当，守护星孩世代长。
我辈慈亲千里外，中秋对影独心凉。

(八)青 松

梦中父变巨松稠，伟岸身躯怎见愁。
暗学孙猴吹化鸟，乘风展翅戏肩头。

(九)小 溪

放学途思母化溪，柔柔软软总迷离。
校车坐梦春风变，亲吻泉溪日落西。

（十）筝　线

断线风筝向远方，飘摇四处境苍凉。
孩今节后新绳送，嘱母回程细考量。

盛夏雨中观荷·代拟赠某学士（2首）

（2019年7月10日）

霏霏小雨夜来均，洗出清凉不染尘。
咸水沽边花伞下，连衣裙伴衬衫身。

细雨缠绵在考量，轻轻点醒醉荷芳。
秋来霜虐莲蓬萎，可获丝连藕节长？

茶叶来历（古风）

（2019年7月20日）

接宾待客茶为敬，生活日常茶饮先。
华夏喝茶炎帝始，神农致力数先贤。
爬山越水锅炉带，百草遍尝不计年。
某次荆巴山采药，微风飘叶水锅煎。

归来口渴喝开水，滋味甘醇香嘴边。
一看锅中绿叶煮，淡黄颜色引思旋。
随风飘落观树叶，顺向追寻意志坚。
七七卌九炎天过，八千一百树端详，
终查常绿同型叶，喜系藤条不再忘。
采叶带回重煮喝，味香无异色同黄。
发掘草木谜底揭，炎帝神农姓氏芳。
研究调查知格物，查树查叶命名扬。
因袭演变日用广，家生取代野生常。
查改茶字至今用，清神止渴益思强。
史载神农居厉国，诞生洞庙香火昌。
巴东保康神农架，远播茶香是故乡。

游甘肃嘉峪关长城（2首）

（2020年3月12日）

黄土夯成怀致远，黑山呼应迫狮狐。
今施国策新丝路，共筑全球命运殊。

肩肩相并抚宽砖，大汉脊梁万里蜒。
历数千年逢苦难，刚强拱起史诗传。

钓鱼感赋（2首）

（2020年3月26日）

饵食轻抛激水纹，一鱼暗动尾殷殷。
恰逢浊水吞肥肉，贪径由来自入坟。

日午河边坐耐心，全抛运气水流深。
热情晒尽空鱼篓，装满霞晖律句吟。

漫步保康县郊见耕田忆先父（2首）

（2020年4月10日）

弓背如犁定格春，他乡四月忆先人。
插秧退步低头苦，秋晒黄金汗浸巾。

背似弯铜不改初，终生智力理犁锄。
晚随崽女中原徙，正寝安魂古赵墟。

【笺 注】

墟：xū，墟坟，丘墓，墓地。《礼·檀弓》："墟墓之间，未施哀于民而民哀。"晋·潘岳《悼亡诗》其三："……悲怀感物来，泣涕应情陨。驾言陟东阜，望坟思纡轸。徘徊墟墓间，欲去复不忍。徘徊不忍去，徙倚步跼蹐。落叶委埏侧，枯荄带坟隅。孤魂独茕茕，安知灵与无。投心遵朝命，挥涕强就车。谁谓帝宫远，路极悲有余。"

母亲节忆先母（2首）
（2020年5月9日）

南望湘资老眼涔，九龙山屋梦中寻。
寨门右处长条石，应刻慈迎送步深。

随客邯郸不几年，亲言先父寂黄泉。
寒风一夜吹慈影，断绝心筝线系缘。

咏种子·送郎林龙同学考入北京航空航天大学攻读硕士研究生（2首）
（2020年5月18日）

惊奇毅力出三津，露自园丁更至亲。
鼠岁移苗京兆喜，生根茁壮旭阳新。

招手苍穹迎细雨，笑言喜讯带春容。
顽强生命驱孤寂，不负华年比劲松。

【题　解】

郎林龙，为中铁十八局集团有限公司郑万高铁湖北段指挥部党委郎珉书记令郎。1998年3月15日出生，2020年7月毕业于天津大学电气机器自动化专业。2019年12月参加全国研究生招生统考，以笔试364分、面试168分的好成绩，考上北京航空航天大学计算机科学技术专业硕士研究生。

【笺　注】

京兆：指北京。明永乐元年（1403年），明成祖朱棣取得皇位后，将他做燕王时的封地北平府改为顺天府，建北京城，并迁都于此。这是正式命名为北京的开始，至今已600余年。民国二年（1913年）废顺天府，翌年置京兆，直隶中央，其范围包括今北京大部分地区。民国十七年废京兆，改为北平。

步韵和安燕梅《同学聚会》（3首）

（2020年5月20日）

一　叠

十年分别偶相逢，友谊同窗付梦中。

谁倚云梯升快捷，孤花自醉讽张浓。

再　叠

廿载分离互约逢，班花定炒话题中。
美人倘入低沟久，被认衣衫狗味浓。

三　叠

卅岁春秋偶聚逢，曾经厚谊借筹中。
谋将巨款归还否？狗样人模痞气浓！

【题　解】

安燕梅《同学聚会》："廿载分离一笑逢，同窗故事火锅中。纷纷从底轻捞起，兑入乡音味更浓。"

诗家杨逸明点评："这首诗就象看一组电影镜头：明明是老同学聚会讲述过去的事情，忽然故事中的人物一一散开，与沸腾的火锅汤水隐隐约约重叠起来，还似乎从火锅中捞起各种食材，化作了那过去的熟悉人物。上面朦朦胧胧闪过了曾经发生的人物和情境。甚至发出的声音带有乡音，使人回味无穷。这种将时空景象人为剪辑拼贴的手法，最早被人从建筑领域延伸运用到电影艺术中，现在又被诗人引进到文字表达中来，使文字也产生了视觉上的效果。每个单独镜头只是一个独立图像，但这些图像被诗意地组合起来，形成艺术感染力形象。当导演把两个平淡无奇的画面剪辑在一起时，带给观众的却是前所未有的强烈冲击与震撼。电影蒙太奇的效果就在于此。诗人也要好好学习这种手法，以使短小精悍的绝句诗词，不但产生悦目的画面，而且产生一种有动感的穿越时空的艺术效果。"

寓湖北咏青松（2首）

（2020年5月27日）

元帅诗吟气魄雄，冰欺雪辱挺长空。
鼠年偶遇新冠毒，嫩绿春生满树丛。

染毒江城戾气深，未曾萎靡病相侵。
东湖夏召归黄鹤，依旧柔肠护弱心。

【题　解】

元帅：指陈毅。《青松》："大雪压青松，青松挺且直。要知松高洁，待到雪化时。"此诗辞藻平实，语言凝练，寥寥数语就让面对风欺雪压仍旧根深干直、不改本色的青松形象尽展眼前。

山村留守儿童思绪多（10首）

（2020年6月12日初稿，7月5日修改）

（一）望　镜

山村学校听神奇，此镜清新远市窥。
誓攒三年零币足，买将节日探亲慈。

(二)追 父

黑云伴雾竞前飞,我欲追亲冒雨霏。
硬木削成长棍久,客车砸碎莫相违。

(三)假 装

阶前岁末望亲深,小聚时光贵似金。
守夜佯装须采访,新年借故错衣襟。

(四)蝌 蚪

锥形蝌蚪孕青蛙,扁尾刚消永别家。
我小成年当学好,慈亲共苦享荣华。

(五)打 工

糊口撑家久出门,动车抢运恨牵魂。
打工倘是吾名姓,父母身边岁月温。

(六)幸 福

城市孩童幸福多,长同父母住银窝。
我亲但与邻居共,尽是离愁怎奈何?

(七)黄 牙

独守山村木屋家,孙怜日午数黄牙。
爷今齿瘦如包谷,粒粒秋摇冷落斜。

(八)手 掌

颤颤巍巍祖母弯,手搬整座灶柴山。
秋来补扣防孙冷,掌小穿针戴顶环。

(九)孤 独

风寒月瘦夜茫茫,孤独袭来宿舍凉。
挤满周身人不少,难寻倚靠恨更长。

(十)苹 果

果树新秋长态丰,枝头挂满摆微风。
近来许是蒙夸赞,青涩羞羞脸蛋红。

【笺 注】

[1] 探:古诗中有平声、仄声两种读音。此读 tàn,去声。晚唐·李商隐《无题》:"相见时难别亦难,东风无力百花残。春蚕到死丝方尽,蜡炬成灰泪始干。晓镜但愁云鬓改,夜吟应觉月光寒。蓬山此去无多路,青鸟殷勤为探看。"

[2] 顶环:在农村,妇女用来缝衣服的时候戴在手指头上用来顶针头用的顶针环。

［3］更：gēng，旧时夜间计时的单位。一夜分为五更，每更约两小时。南北朝·佚名《玉台新咏·古诗为焦仲卿妻作》："中有双飞鸟，自名为鸳鸯，仰头相向鸣，夜夜达五更。"

闭塞山沟有童诗（10 首）

（2020 年 7 月 25 日初稿，8 月 7 日修改）

（一）太　阳

欲请太阳家作客，房间冬会暖洋洋。
难禁岁月爷爷老，不用烧柴作业忙。

（二）夜　晚

放学匆忙赶到家，为帮祖母理藤瓜。
夏春夜睡仍撕口，梦探双亲隔雾纱。

（三）炊　烟

傍晚身疲灶火前，杉皮屋顶起炊烟。
天空是否同孩似，黑脸闻香肚饿怜。

（四）下 雨

忽变晴云黑脸婆，送爷斗笠外加蓑。
途疑屋后千寻树，捅破长天漏雨多？

（五）夏 乐

夏季合当大舞台，年年免费向童孩。
蝉鸣鸟奏蛙声伴，深夜呼噜祖父陪。

（六）秋 剑

云缯雾绉布寰区，刮起天风一扫无。
在地春荣披绿发，秋来霜剑赛人屠。

（七）蒲公英

蒲公草长童孩梦，性喜随风不落花。
我父劳劳城市远，托君岁末引回家。

（八）云 朵

洁白层云美妙殊，柔柔软软想身酥。
何时剪取方方块，替换砖床作垫铺？

(九) 松 蘑

山风过处带微寒,道是松蘑吐气欢。
倘未三天抓取我,风姿鲜味尽留残。

(十) 春 风

春风技艺冠神坛,草绿花香锦绣攒。
我有心思相请托,愁容吹却换娘欢。

【笺 注】

[1] 缯绉:缯,zēng,丝织物总称,扎起来。宋·苏轼《和董传留别》"粗缯大布裹生涯,腹有诗书气自华。"绉:zhòu,绉缩,使起折痕。五代·冯延己《谒金门》:"风乍起,吹绉一池春水。"宋·张耒《和应之石涧》:"麦气朝含露,溪光夕照烟。斗麕苍角老,雏雉绛毛鲜。葵折红缯绉,莲香水麝燃。敢辞幽僻处,直恐负林泉。"

[2] 人屠:白起号称"人屠",与王翦、廉颇、李牧并称战国四大名将。战争就是他的一生,是他的生命。每遇战争均表现出高超的指挥艺术,但其凶残心狠程度在古今中外无出其右。他每战必胜,胜则尽杀降卒。据《史记》记载,白起在三十多年的将领生涯中,有据可查的杀人人数超过150万人:伊阙之战,斩首24万人;攻楚三次,攻破楚都,烧其祖庙,共歼灭35万楚军;攻赵先后歼灭赵军60万人;攻韩魏歼灭30万人。

咏犁·送达其贤侄上河北工业大学（2首）

（2020年8月22日）

犁头正锐志超群，辟地翻泥岁月勤。
华北平原皆沃土，纵横千里任耕耘。

扎入平畴肥土地，仔肩荷重苦长禁。
身身汗水浇泥下，稻菽秋来胜获金。

【题　解】

[1] 达其：全名胡达其，作者二弟胡佐舜独生子。2002年7月20日出生于河南省兰考县仪封乡圈头村，今年18岁。2020年8月以617分（语文120分、数学133分、英语127分、理科综合237分）从邯郸市第二中学考入河北工业大学土木工程专业，实现了小时候要上天津的大学到大伯家吃饭的梦想。

[2] 冷阳春先生给作者发来微信："令侄聪明好学，出群拔萃，未来前程无量。请转告我对他的祝福。但愿令侄能自律而专心学习，待学成于未来有所建树，于国于民作出有益的贡献。"

[3] 我也写诗《送堂弟达其上河北工大（2首）》，其一："三载青灯苦自禁，暑寒清月偶窗临。鼠年喜上秋闱榜，志展宏图感念深。"其二："崎岖小径几弯弯，雨打风吹只自攀。三省吾身驱诱惑，风光顶望小群山。"

送张雨菲上娄底第一职业学校（2首）

（2020年9月10日）

成才道路万千条，未必拥行独木桥。
三六行当凭自选，精通一技树高标。

健在慈亲不远游，娄星拱月乐悠悠。
幼师学艺从今始，周末回家信步遛。

【题　解】

张雨菲：作者小妹胡白玉的女儿，即外甥女。2005年2月3日出生于湖南省新化县荣华乡大乐村。2020年8月从娄底一中初中部以文化609分＋体育100分，考上娄底第一职业学校幼师专业。勤快，爱劳动，喜干家务，体贴父母艰难。

【笺　注】

娄星：传说中娄底市是由娄星和底星下凡形成。而小妹家住在娄底市娄星区。

贫困村童有诗情（4首）

（2020年10月5日）

（一）父 亲

父亲山外争钱苦，我梦苍苍鬓雪愁。
祈愿鲜阳多照耀，晒将发黑满平头。

（二）种 子

从无到有审人生，恰似颗颗种子轻。
倘未留心遭洒落，心中此酿故乡情。

（三）打 工

挥汗时光催白发，压肩责任刻皱纹。
我承老父支撑劲，独立持家长大勤。

（四）小 草

人生比拟草何妨？喜爱春风雨露瀼。
一日乘机芽破土，生根此地属家乡。

【笺 注】

[1] 颗：旧读仄声，今读平声。此依新声。

［2］瀼：ráng，形容露水浓，多。先秦·佚名《野有蔓草》"野有蔓草，零露漙兮。有美一人，清扬婉兮。邂逅相遇，适我愿兮。野有蔓草，零露瀼瀼。有美一人，婉如清扬。邂逅相遇，与子偕臧。"

《勃朗宁夫人〈十四行诗集〉汉译七言律诗》点评（44首）

（2020年11月25日～12月16日初稿，12月20～26日修改）

小序：伊丽莎白·巴莱特·勃朗宁（Elizabeth Barrett Browning）最初开始写这十四行长篇组诗，时间大概是1845～1846年。是在诗人罗伯特·勃朗宁三次向她提出求婚的情况下，她经过拒绝、反思、权衡，于1846年3月初才慎重答应了他的求婚。就在那一段时期，她痛苦的心情逐渐变得愉悦，长期卧床的病情有了很大的起色，身心健康状况得到了迅速的改善，萎缩的生机重又显示出了生命的活力，失意的孤独生活又开启了新的希望，于是她开始了组诗的创作。在诗稿的最后一首诗（即第44首）结尾处，她留下的日期是："1846年9月，温波尔街50号。"

她不让勃朗宁知道她在创作这组爱情组诗，只在信上隐约提到过"将来到了比萨，我再让你看我现在不给你看的东西。"1847年初，他们已在比萨住了下来，从住所里可以望见著名的斜塔。有一天，早餐过后，勃朗宁夫人照例上楼去工作，把楼下让给勃朗宁看书写作。勃朗宁在窗前站了一会，正在凝神眺望街景，忽然觉得屋子里有人偷偷地轻轻走着，他正要回头，身子却给他的妻子拥住了。她不许他回头看她，一面却把一卷稿子塞进了他的口袋，要他看一遍，还说要是他不喜欢，就把它撕掉好了。她说罢就逃上了楼去。原来这是那完成了的十四行组诗的原稿。勃朗宁还没读到一半,就高兴地跳起身来,激动地向楼上他妻子的房间跑去。他一边跑一边嚷道:"这是世界上自莎士比亚以来最出色的十四行诗!"他不敢把这文学上的无价之宝留给他一个人享受。可是勃朗宁夫人却很不愿意把个人的情诗公开发表。结果这诗集就在那年由私人(她的朋友)印行了少数本子,未标书名,只在扉页上简单地写着"十四行诗集,E·B·B 作"。

1850 年,勃朗宁夫人出版了一卷诗集,把这十四行组诗也收进在内,这是这组诗的第一次公开发表,共四十三首,还取了个总名,叫做《葡萄牙人十四行诗集》,其用意是为了掩护作者的身份,使人错位联想到这是一本翻译过来的诗集。之所以叫做"葡萄牙人",却是偶然的,与内容无关,只是因为勃朗宁夫人曾经写过关于一对葡萄牙爱人的抒情诗(Catarinato Camoens),勃朗宁很爱这组诗,常把妻子叫做"我的小葡萄牙人"的缘故。

1856 年,前面所说的《诗集——1850》第三次再版,勃朗宁夫人把十四行长篇组诗作了一些文字上的修改,并把《诗集》中的另一首题为《将来与过去》的十四行诗,移放到组诗里来,作为第四十二首,这样,这组诗就有了四十四首,这个组诗就成为了定本。

《勃朗宁夫人十四行诗集》(原名《葡萄牙人十四行诗集》)既是伊丽莎白最负盛名的诗集,也是一部古代爱情诗圣典,是她留给世人的清新妍丽、一往情深的恋歌集。他们俩的爱情也创造了奇迹,是世界最典型的传奇。诗集创作于 1845 至 1846 年间,初版于 1850 年,总计 44 首诗,都是写给恋人、年轻诗人罗伯特·勃朗宁的。勃朗宁读后坚称,这是继莎翁之后最好的英文十四行诗,不敢藏私,世人遂得以读到这一组难得的恋歌,流传至今,并将永远流传。

张湘平将 44 首长篇爱情组诗译著成七言律诗，我以七言绝句逐首进行点评。

第 01 首

爱恋身亡两愿强，婆娑泪眼怎思量？
忧伤昔日难回首，命运凭天判短长。

第 02 首

大龄才女爱神迟，疾痛缠身委屈随。
上帝倘能垂恻隐，人生反转自相期。

第 03 首

孤立无援数爱情，死亡气息欲摧城。
名家闺秀谦卑甚，渴望才人护暖晴。

第 04 首

歉疚难名度岁华，心扉暗启泪如麻。
春潭已搅堪收拾？疑待游鱼掠水花。

第 05 首

出声驱赶非真意，眼底温柔爱意新。
风吹烬火燃天地，照亮前程倍足珍。

第 06 首

言辞决绝一声声,道是无情却有情。
谨劝良人真意解,家庭幸福紧追行。

第 07 首

心胸彻悟不彷徨,欣庆重生酒倍香。
锐目神探君别具,情天阒寂启霞光。

第 08 首

誉满诗坛修孝悌,微尘定位逊心扉。
铅华洗净灵魂美,感念忠贞两不违。

第 09 首

并坐相依仔细瞧,君前哪敢起情潮?
扪心自问焉相配?恐怕尘灰污紫袍。

第 10 首

似火情浓耀眼烧,高低贵贱不由挑。
两心互照从缘分,苦短人生韵律调。

第 11 首

名家闺秀自卑谦,上帝通情允爱甜。

女貌郎财攀背景，民间世相愧凉炎。

第12首

爱河初浴心如兔，梦里欢欣醒脸红。
丽日高悬犹定制，光辉闪闪布晴空。

第13首

女心贞静立身旁，火炬高擎焰照长。
两处灵魂驱束缚，手牵默默释忧伤。

第14首

外美惬心畅意多，风霜久历付蹉跎。
灵魂砥砺谋长远，琴瑟和谐度劫波。

第15首

坐扶轮椅如囚室，脸冷心酸隔自然。
智力从心高品位，众难渺小博流传。

第16首

紫袍相送裹吾心，寂寞尘霾远冷衾。
剑影刀光终降服，坦承从命赴胸襟。

第 17 首

爱河离岸趣情多，急转弯题耐琢磨。
角色蛮缠胡搅智，不知才俊解难何？

第 18 首

母亲吻迹洁如新，相赠身心不染尘。
却引殡仪房内剪，年轻俊彦稳相陈。

第 19 首

恋爱长途迈短程，悠然倒步近疏生。
"东边日出西边雨，道是无晴却有晴。"

第 20 首

诚诚恳恳诉真情，反意于今正面倾。
容动人心词婉转，未曾躲闪两相迎。

第 21 首

姑娘岁大添惆怅，俗世难逢爱意垂。
遣送知音缘上帝，灵魂静默两心仪。

第 22 首

两情静默庄严立，四眼相交碰火花。

意象恢宏高境界，诗坛自此灿红霞。

第 23 首

勇抛坟墓受天缘，相守新生爱意绵。
地位钱财身外物，家庭看重仰山巅。

第 24 首

贫贱夫妻百事哀，蜜甜须仗小康陪。
闲言冷眼均排外，生命相偎不用媒。

第 25 首

恋爱思维变幻殊，自将名位置低隅。
刚逢丽日花苞发，又见狂风暴雨趋。

第 26 首

玩伴曾经皆幻想，人生黯淡久恹恹。
君携最美琼瑶盏，盛满琼浆共品甜。

第 27 首

尚存一息偏阴郁，昨夜星辰望泪酸。
上帝怜将君赠我，欢心惬意别孤单。

第 28 首

情书韵致总缠绵,恐惧沉沦不敢前。
击我因君携闪电,根除痼疾手相牵。

第 29 首

思恋如春荡笔尖,活鲜意象不沉潜。
摇枝抱树新思趣,辛辣诗篇细品甜。

第 30 首

辗转情思判断难,眉头已展复心酸。
笑颜白昼山盟愿,梦里生疑泪不干。

第 31 首

又见良人心意足,不言更胜有言时。
犹疑昨夜今朝悔,笔底云烟再赋诗。

第 32 首

温婉纤柔敏感多,自惭形秽怎消磨?
千般勇气心头鼓,又虑新人止爱河。

第 33 首

迟暮青春怎召回?心扉即敞久徘徊。

童年每忆乳名唤，响应飞奔宠溺怀。

第 34 首

女人情事曲幽微，往复回环哪属归？
一往无前无畏惧，抑扬相间刻心扉。

第 35 首

太久忧伤浴爱河，胸襟难敌虑疑多。
一旦心扉开铁锁，终生厮守类情魔。

第 36 首

情波激荡总心焦，倘遇危礁必折腰。
惨痛情形生畏惧，相牵两手恐心摇。

第 37 首

曾憎上帝不垂怜，又拜神灵赐福船。
恋爱思维抛扭曲，回修正果即姻缘。

第 38 首

恋诗香艳品难高，思绪疏离隔痒搔。
一吻红唇添兴奋，授权两爱共情操。

第 39 首

面具丢开露本真,灵魂倦怠使君亲。
首篇此应谁抓住?慷慨前行共苦辛。

第 40 首

爱果雨淋如硬丸,呲牙咬稳太艰难。
灵魂理性多修养,相伴相依两胆肝。

第 41 首

缓到情缘有信凭,虽迟接纳化心矜。
熟瓜落蒂思量久,孕育家庭事业兴。

第 42 首

金风玉露一相逢,胜却人间攘攘功。
欣喜今朝推拒绝,芳心已付百年终。

第 43 首

山盟海誓赋滔滔,相许终身此一遭。
骇俗惊人连理结,传奇世界两文豪。

第 44 首

丝丝点点芳馨漫,体贴温柔待爱人。

自赏孤花成过去，迎来四季地天新。

【主要参考文献】

［1］方平译，《白朗宁夫人抒情十四行诗集》，成都：四川人民出版社，1982.04.

［2］袁方远、张清福、张玉平、董莉译，《白朗宁夫人诗选》，石家庄：花山文艺出版社，1997.08.

［3］文爱艺译，《勃朗宁夫人十四行爱情诗集》（插图本），兰州：甘肃人民美术出版社，2008.10.

［4］邵明刚译，《勃朗宁夫人抒情十四行诗集》，北京：世界图书出版公司，2015.01.

［5］张媛译，《勃朗宁夫人十四行诗集》（英汉双语版），北京：中央编译出版社，2015.08.

［6］毛喻原译，《勃朗宁夫人十四行诗》，南京：译林出版社，2016.03.

［7］张翎，《三种爱：勃朗宁夫人、狄金森和乔治·桑》，桂林：广西师范大学出版社，2020.03.

［8］方平，《爱情战胜死亡——白朗宁夫人的故事》，上海：上海译文出版社，1996.03.

坐飞机掠过九华山（2首）

（2021年元月5日）

楚天遥望仰情操，南矗黄山暗竞高。
万里长江输雪雾，莲花九朵沐云涛。

载我波音上汉霄，峰峦九九列相招。
佛光喜照青云路，难照民间苦难销。

观与妻梨花树下合影旧照（2首）

（2021年元月20日）

梨花万树开如雪，一闪光辉合影成。
冷暖人间三二载，聚焦一处互支撑。

梨花白嫩喜清芬，亦解风来雨去云。
裹入情长甜脆果，横刀应学大将军。

听友人讲台湾之旅感赋（4 首）

（2021 年 2 月 10 日）

桃园县

园分南北千塘美，稻米渔村四季春。
鸡犬潮闻阡陌境，难逃世外借刀频。

日月潭

阿里能高举热池，扯将云雾挂窗帷。
白驹玉兔鸳鸯浴，汤桶遗留旅客怡。

阿里山

五奇难引我勾留，如水姑娘乐曲悠。
古树千年名恶桧，昂头挺肚不知羞。

鹅銮鼻

好汉擎天怪石倾，蕉风椰雨爽相迎。
凭栏塔夜灯光亮，浪子归家路已明。

【笺 注】

［1］桃园县：位于台湾岛西北部，因境内遍植桃花，缤纷馥郁，而有

桃仔园或桃涧之称，清光绪12年（1886年）正式以桃园为名，1941年建制为桃园县。2014年改制为桃园市。市内地形大致可分为沿海平原、丘陵台地、高山地形三大部分。有"千塘之乡"美称，潮信上涨，鸡闻则鸣，犬闻则吠。

［2］日月潭：位于中国台湾省阿里山以北、能高山之南的南投县鱼池乡水社村，海拔748米。

［3］阿里山：位于台湾省嘉义市东75公里，海拔2216米。有五奇：日出、云海、晚霞、森林与高山铁路。千年桧木群是目前台湾最密集的巨木群，桧木分红桧和黄桧，其中黄桧稀少。

［4］鹅銮鼻：又名南岬，位于台湾屏东县恒春镇。附近海域为珊瑚礁石灰岩地形，巨礁林立，怪石嶙峋，有好汉石、擎天石、猪石、草海洞、古洞等天然奇石怪洞。有一座高24.1米的武装灯塔，誉为"东亚之光"。

恸悼袁隆平院士（3首）

（2021年5月24日）

小序：2000年4月，全国劳模和先进工作者表彰大会在北京人民大会堂召开，我有幸与袁隆平院士出席。27日上午报到，下午休息，我即前往他宿舍探访，他热情让座。我的一本学术专著《深立井快速施工成套新技术研究和推广应用》即将杀青，想请他写个序言，他看了一段内容简介，直接告诉我："你的专业和专著我一窍不通哩。不过，你别着急啰，我把你推荐给住在隔壁的大飞机制造材料首席科学家钟掘院士。"随即将我领进钟院士房间，袁老高兴地说："哈，钟院士，给您推荐一位男学生。"钟院士边笑边看了我写的专著内容简介，开朗地说："老乡，你的专业我不能说一点不懂，但要写序，我们向你推荐你们矿业一级教授刘宝琛院士。"二位领着我敲开了斜对门宿舍，袁老幽默地说："刘院士，我和美女教授给你推荐一名高徒。"刘院士转身看了专著简介，认真地对我说："有两位专家推荐，写序言我答应，不过，小张，要把专著80%的主要内容给我看后才能写。我给你一个邮箱，可以将材料发给我。"我答应后，与三位教授道别。2003年10月下旬，刘院士收到我完成的专著电子版主要内容后不到两周时间，序言就通过他的一位博士后学生发给了我，并转达说专业词可以自行修改完善，如有意报考他的博士，可与他联系，还说他的工程交给我去干肯定能完成任务。今年5月22日下午惊闻袁老仙逝，心为之恸，赋诗三首，以志深切悼念。

初闻消息斥谎言，日午餐回信是真。
北去湘江传噩耗，南来夏雨湿哀身。
一颗稻种从泥土，举世黎民解困贫。
哽恸三湘呼唤别，从今国士驻星辰。

名满全球谨自持，田畴专注一生痴。
消除肚饿苍生幸，维护民和动乱离。
沧海殷殷图造化，良田默默莳神奇。
喜看稻菽千重浪，最忆神农酹酒卮。

有幸同登大会堂，劳模喜聚国弘彰。
先生着意田畴梦，后学精研矿业忙。
米饭中餐香齿颊，琴声晚宴绕厅梁。

逢人说项京城事，赠序恩情不敢忘。

【题　解】

袁隆平（1930.09.07～2021.05.22），男，汉族，生于北京，江西省九江市德安县人。中国杂交水稻育种专家，中国研究与发展杂交水稻的开创者，被誉为"世界杂交水稻之父"。国家杂交水稻工程技术研究中心、湖南杂交水稻研究中心原主任，湖南省政协原副主席，中国工程院院士，美国国家科学院院士，湖南农业大学名誉校长，第六至十二届全国政协常委。1953年毕业于西南农学院，1995年被选为中国工程院院士，1999年中国科学院北京天文台施密特CCD小行星项目组发现的一颗小行星被命名为袁隆平星，2000年获得国家最高科学技术奖，2004年获得沃尔夫农业奖，2006年4月当选美国国家科学院外籍院士，2010年获得澳门科技大学荣誉博士学位，2013年获得第四届中国消除贫困奖终身成就奖，2018年当选中国发明协会首届会士；2018年9月8日，获得"未来科学大奖"生命科学奖；2018年12月18日，党中央、国务院授予袁隆平改革先锋称号。2019年9月17日，国家主席习近平签署主席令，授予袁隆平"共和国勋章"。

【笺　注】

［1］星辰：1996年9月18日中国科学院北京天文台施密特CCD小行星项目组在兴隆观测站发现一颗小行星，暂定编号1996SD1，其中SD正好是中文"水稻"的汉语拼音字头。当它获得8117这一永久编号后，为了表示对"杂交水稻之父"袁隆平先生的敬意，1999年10月经国际小天体命名委员会批准决定把它命名为"袁隆平星"。

［2］田畴梦：袁隆平有过三个造福全球人民的梦想：禾下乘凉梦、杂交水稻覆盖全球梦、盐碱地水稻高产种植梦。

［3］琴声：袁老生前喜欢拉小提琴，善于演奏《我的祖国》《行路难》《小夜曲》等。

诗人节论爱情示湘平（3首）

（2021年6月14日）

相貌如衣不可无，修身养性步征途。
衣裳褪色年年事，共苦同甘两代殊。

累积资财筑爱窝，情峰似雪耸天河。
有朝一日人穷迫，志短匆匆化逝波。

相印心心四季春，爱情似酒酿香醇。
人生偶遇行沙漠，依旧坚强绿叶伸。

保康柳元铺夏季无夜蚊（古风）

（2021年8月12日）

夏季鄂湘蚊子多，炎炎入夜起嗡歌。
咬人吸血施长技，痛痒人人受折磨。
柳铺山青空气爽，夜蚊绝迹却为何？

相传则天夺皇位，庐陵王贬到房州。
一队随从奔昼夜，保康境入晚霞收。
奔波王子身疲倦，家兵打探柳铺幽。
此村余姓家洁静，一众安排农舍休。
王子上床欲早息，哪知满屋蚊叫遒。
浑身被叮痒难耐，辗转反侧入眠愁。
犯困心烦急坐起：是何怪物嗡鸣啁，
扰乱房间难安静，偷偷吸血遗毒稠？
随从跪禀启千岁：咬人布毒夜蚊忧。
王子挥手眉头皱：害人蚊子不要收。
家兵家将随声和，边喊边跑动作柔。
半晌房间归平静，王子安然入睡悠。
一首民谣悄编就，当地至今有流传：
王子逃灾从此过，柳铺夜息蚊咬煎，
金口玉言驱虫害，蚊虫一气过河川。
至今蚊子绝踪迹，村民享福得夜眠。

【笺 注】

　　古风《保康柳元铺夏季无夜蚊》及前面《茶叶来历》故事，均见保康县政协文化工作组、文化艺术家协会、县文化馆合编《保康民间故事传说集》中，龚永生搜集整理的《柳元铺为啥无夜蚊》和姜必昌搜集整理的《茶叶的传说》。

送胡祝卿侄上益阳医学专科学校（3首）

（2021年8月22日）

专科亦是成才路，级小平台发力追。
陪护三年知母苦？十年报答不嫌迟。

四诊前途如旭日，功夫肯下路迢迢。
先医自懒师长技，再治他人病痛消。

学医应耐寒窗静，卅载修来董奉功。
祖父家规当记取，收心业务却贫穷。

【题 解】

胡祝卿，作者四弟儿子，2004年7月24日出生，2021年7月毕业于湖南沅江三中，7月10～12日参加高考，以393分成绩考上益阳医学专科学校临床医学专业。

【注 释】

[1] 四诊：是指望、闻、问、切。古称"诊法"。它具有直观性和朴素性特点，在感官所及范围内，直接获取信息，医生即刻进行分析综合，及时作出判断。四诊的基本原理是建立在整体观念和恒动观念的基础上，是阴阳五行、藏象经络、病因病机等基础理论的具体运用。

[2] 董奉（220～280）：又名董平，字君异，号拔墘，候官县董墘村（今福州市长乐区古槐镇龙田村）人，东汉建安二十五年生。少年学医，信奉道教。年青时，曾任候官县小吏，不久归隐，在其家村后山中，一面

练功，一面行医。董奉医术高明，治病不取钱物，只要重病愈者在山中栽杏5株，轻病愈者栽杏1株。数年之后，有杏万株，郁然成林。春天杏子熟时，董奉便在树下建一草仓储杏。需要杏子的人，可用谷子自行交换。再将所得之谷赈济贫民，供给行旅。后世称颂医家"杏林春暖"。董奉同当时谯郡华佗、南阳张仲景并称为"建安三神医"。晚年到豫章庐山隐居，继续行医，直到去世。

[3] 祖父家规：工作学习往高处看，消闲享受往低处看。

读炳麟师散文通讯集《职守》感赋（2首）

（2022年1月9日）

园丁特爱身边囿，发掘良才着意浇。
望眼青山多国柱，老来回首起心潮。

于今学子遍天涯，文理双途两不差。
北塔资江西岸耸，老砖喜伴垫基沙。

郑万高铁建成

（2022年6月18日）

盘古开天薄鄂西，几番辟地碎岩泥。

襄中汉水伤人事，峡侧兴山挡雨梯。

积肿前头消旧怨，承情后段破新迷。

追来一路头筹实，白发频添不悔鳌。

【题　解】

郑万高铁全长1068公里，设计时速350公里/时。起于郑州，经过湖北、重庆，终点到达万州，是我国八纵八横高铁网中京昆通道的重要组成部分。全程桥隧比达90%以上。于2022年6月20日建成通车，届时从北京、郑州到重庆最快仅需6小时46分、4小时23分。

【注　释】

[1]首联描述鄂西山区地质条件极差，施工难度极大。颔联含蓄写两个指挥部管理旧事。颈联写郑万高铁湖北段ZWZQ—6标新任指挥长化解危机，在业主重要领导帮助下克服难关，解决施工进度慢、外部环境差等难题。尾联写取得的业绩：

一是在武汉局襄阳工务段提前介入两年中，克缺措施最到位、整改质量合规、销号进度最快，两次在六标段组织开展了现场观摩会，推介好做法，得到整个介入工作专班的一致认可，并且是站前10个标唯一一家全部销号完毕的厅级单位（其他标段未销号的问题重新转入了静态验收问题库继续整改）。

二是静态验收问题在站前所有标段中数量最少，销号最快。

三是动态验收中，轨道精调质量最好，TQI值稳居第一（从开始一步到位，没有三级、二级、一级扣分），得到联调联试指挥部、襄阳工务段、武九公司上下的一致认可。

四是在国铁集团组织的安全评估提前介入、初步验收、安全评估检查中，问题最少（其中安全评估提前介入检查问题只有5条，初步验收现场发现问题只有2条，安全评估现场问题数为0），性质最轻，销号最快。其他站前标段问题数量则是十几条至几十条不等，需要继续整改。

五是无砟道床质量标准高、质量好，是整个郑万线的亮点。无砟道床施工每个月得分第一，连续两个季度在武九公司"党旗红"劳动竞赛中排名第一，获得2021年上半年信用评价加0.2分的奖励。

六是在当前环水保管理十分严格的形势下，6标11个弃渣场最早打造成型、最早覆绿、最早完成交验，被评为"样板工程"，也是武九公司确定的优质迎检工点。

七是6标是唯一一个没有让中铁十八局集团有限公司成立工作组督导帮扶的铁路项目，不讲条件、不讲客观，灵活应变，全力实现了安全顺利开通的目标。

［2］兴山县位于长江西陵峡北侧。

［3］黧：lí，黑色，指面目黧色，正直。

［4］薄、积、实：今读平声，古读仄声。

郑万高铁通车

（2022年6月20日）

艰难险段无人问，十八军团逆袭逢。

帷幄持筹师蜀相，鄂西山地建奇功。

【注 释】

持筹：手持算筹。此指筹划大事。蜀相：南漳县古隆中是三国时期杰出政治家、军事家诸葛亮青年时代（17～27岁）隐居之地，抱膝高吟躬耕陇亩长达10年。他本是山东琅琊人，幼年失去双亲，17岁随叔父来到襄阳隆中，躬耕苦读，留意世事，被称为"卧龙"。后来刘备三顾茅庐，诸葛亮全面分析了当时三分天下局势，提出了一统天下的《隆中对》。

第三辑　其他成员诗词选注

李贵耘

　　李贵耘，1964年7月19日出生于内蒙古赤峰市古山镇，河北大学汉语言文学专业本科毕业。曾在古山镇中学、河北邯郸市赵苑中学任教。在教育上，中学高级教师。在《内蒙古教育学院学报》《昭乌达蒙族师专学报》发表学术论文《中学生劳动习惯的培养》《教师的主导作用不可偏废》等多篇。

　　在文学上，河北省作家协会、中国散文学会会员。在《岁月》《百柳》《散文百家》《中国铁路文艺》等杂志发表诗歌、散文、中篇小说，出版长篇小说《树蛇》（又名《黑色七月》）、《拳拳之恋》和散文集《微笑着歌唱》等。

　　专家评价：

　　1.诗人和诗歌评论家江崇生先生评价长篇小说《黑色七月》："可以肯定地说，这些年来在随心所欲虚幻穿越的非理性创作迷濛雾霾中，我再次读到了一部质朴清新具有浓厚韵味的现实主义小说，这就是李贵耘所著的长篇小说《黑色七月》。当我们溯着白玉湖贞女潭那不可重复的岁月流水，走回八十年代末期湘中那个几近神秘而遥远的小山村仙居岭——那个时代的村庄，村庄里外的故事，故事中的人物，人物的性格和际遇，时空交叠，情境更迭，函囿了许许多多人和事及其人生的喜怒哀乐、命运波澜跌宕的记忆和发现，解读着人类在向哪里去。依山傍水而居的山民们日出而作日落而息，经历了土地革命、文革动荡、改革开放整合的社会嬗变和精神磨砺，仍在不屈地谋生、抗争、进取，顽强地寻觅生存的改变。而他们的后代们，尝到了文化阳光的味道，看到了时代的变迁，就迈开脚步求索摆脱现状，努力开辟一条条山路要走出大山的围困，而也有新一代知识分子揣着理想主义追求又走进来，试图要从现实空间开发出未来。于是就有了突围与进入的围城纠结，就有了悲喜交加的遗事散落于民间，就有作家把它们捡拾起来，以其艺术功力提炼组合，试图再现他们的心理历程，建构一册具有纪念意义的精神和文化史诗。而以悲剧形式展开的生活画卷和内心世界，探索了一个民族心理结构的形成与渐进，则更加动人心魄。"

2. 作家和评论家刘又峰评价长篇小说《拳拳之恋》："在古莲山下，流金河畔，横溪村里，有一群人，确切地说是老少两代人，在演绎着曲折离奇的故事，在重复着人类几千年来生生不息的追求和悲凉。这便是长篇小说《拳拳之恋》给我们营造的天地。这片天地这个体系据说在塞外，但放进塞内也未尝不可，只不过是外场景观不同而已，人心是相同相通的，这也说明此书有一定的普遍性，关键是它的内核——《拳拳之恋》的'恋'字。通览全书，我们时时可以感受到作者对人性中那高贵美好方面的礼赞，对小人物悲惨命运的同情，也可以看到作者对残缺和罪恶的清醒质疑和尖锐批判，对市井的暧昧诱惑和体制的公开的挟制的拒绝。这是一部充满现实感的作品，鲜活的人物，从容朴实的叙述，完整的结构，时时富有诗意的描绘，以及鲜明的伦理态度和对生活全部复杂性的追询是其艺术特色。"

3. 中国文学教授和评论家李绍山："李贵耘的小说很有分量，很有力度，挑战阅读者的心灵，是一个时代的深刻的记录。尽管作家自己不太推崇她的长篇，尽管她的长篇文字功夫还可以再锤炼，我还是要这么说。在邯郸这片儿，她的长篇无疑是出类拔萃的，在河北省，也该有她的地位。

历史上多有这类小说，文字很漂亮，讲故事也很出色，但是读过就拉倒，表面文章扬尘一时也。也有一类小说，文字不漂亮，甚至还有坚晦生涩处，故事也并不太好。但是很有内涵，很有深度，可以再三阅读咀嚼，只不过需要点耐心。李贵耘的小说就属于后一类。"

　　4.诗人、散文家、文学评论家刘功业先生评价散文集《微笑着歌唱》："文笔，敏感，细腻，这是一种财富，增加了感人的成分。状物叙怀，写人写事，都有一种抽丝剥茧的深刻。凭藉着女子的敏感与细腻，文学的慧眼与灵气，家长里短，日常平常，古往今来，风情世情，友情亲情，爱与人生，哲理感悟，如此种种，都会进入李贵耘的视野。在作者勤奋率性的笔下，常常就生动鲜活起来。女性的笔触，平实，温情，细腻，以至有些琐碎。像夏日里村头大树下细碎的阳光，像秋天里大草原上烂漫开放的金莲花。文学，既是属于精神层面的，也是一种需要认真当回事来做的技艺。李贵耘步履维艰地行走在人生和文学的道路上，唯有一份真纯不改。把柴米油盐的俗世生活，在自小熏染的文化传统和不断汲取的现代的优美文字中煎炒烹炸，可大餐，可小酌，可小说，可散文，在多种文体间悠然行走，这是李贵耘的优势。微笑着歌唱，是李贵耘可贵的文学情怀。"

林中散步

（1991年7月15日）

　　　　落日余晖荡月舟，悠悠绿径小风柔。
　　　　携兄漫步林深处，话似长江滚滚流。

【笺　注】

原诗"月瘦舟"不好理解，冷阳春老师改为："荡月舟"，很好！月舟：下弦月如舟也。月如舟：瘦也。宋·刘克庄《迎候林德辅帅参一首》："西埜约余同荐祢，六丁力尽不能留。霜蹄屡蹶追风骠，皓首还登载月舟。伊昔士元曾别驾，即今子美尚参谋。浮荣膜外何须较，且可归来秉烛游。"

送　别

（1991年7月25日）

强行抑泪送君归，别后任凭泪浸衣。
但愿此情如夏雨，浇开心瓣拥芳菲。

别邯郸

（1994年2月18日）

北去身披料峭寒，贞心永系到邯郸。
半年一百八三日，多少梦魂绕冀南。

【笺　注】

原诗"绕冀南"，冷阳春老师改为："萦冀南"。此乃拗救格。一个

"萦"字,既救了第三句"八"字,又救了第四句"梦"字之应平而仄,又可免第四句之孤平。一字三功也。此乃一字之师也。

字谜诗·平淡是真(4首)

（2021年7月）

出门带伞勤防雨,未雨晴空送夏阴。
拂面微风来兴致,撑将伞顶躺舒心。

夏日炎炎似火烧,佳肴满桌胃难消。
引来虎跑清泉水,稀释浓浓重味椒。

地坪线上升朝日,难止炎天大汗流。
即便乌云遮蔽久,亦将对错照无忧。

十具人身叠贼兵,横冲直闯踩八兄。
若询此事真耶假？万遍谣言演义成。

【笺　注】

[1]虎跑：跑，páo，平声，此借另一读音 pǎo，读仄声。虎跑泉位于杭州西湖西南面的大慈山下。"虎跑"附近的岩层属于砂岩含水层,因裂隙较多,透水性好。泉就在沙岩层倾斜的下方,正好随岩层面下渗,难溶解的石英砂岩有过滤作用,水质清净,甘冽醇厚,沁人心脾,周围环境

幽静,被誉为杭州名泉之首。民间讲究游赏虎跑泉,在于"听"、"观"、"品"三个境界。苏轼有诗赞曰:"道人不惜阶前水,借与匏尊自在尝。"

[2]八:旧读入声,今读平声。此依新声。

读莫母墓志感赋(2首)

(2021年9月3日)

家族新兴赖母仪,乐山程氏楷模推。
三苏过后三苏继,书画诗文吏治师。

牛栏江畔启勤耕,路出雄东塞外征。
智水仁山根系远,人才簇簇博留名。

【注　释】

[1]莫母陈孺人墓志铭:"家因母强而傲立,家因母德而名显。先母生于一九二一年二月十九日,辞世于二〇〇一年九月二十三日。先适莫老洪,生女莫长英。莫老洪出外游历去世,莫老洪之父莫吉祥为孤老有养,将其改适先父莫宗平。生子永志、永甫、生女莫晓凤。先父不幸于1958年去世,先母矢志育孤,一身而兼父责母职。强撑柔弱身躯,背土夯墙,为家人盖下遮风避雨之屋;迈开小脚,艰难于崎岖山路,借粮渡过饥荒岁月;栉风沐雨,不敢有一日之病;凤兴夜寐,常忧四围歧视之目光;要强之心,望子成龙之意,常随江水之波而鼓勇。刚强志,刚直意,成莫氏坚忍不拔之家训。儿均有成,一为国筑路,素有乡声;一为桑梓第一代大学

生、第一位记者、第一位作家。女为巾帼骄者，将自己的生活经营得风生水起，后辈各有所成。孙辈中更是学业卓著，有高中清华研究生者，有就读中科院研究生者，门风胜望，为一时之冠。莫氏门楣，在先母手中得以重光。铭曰：先母以一己之坚韧，孤育二男一女，光大莫氏门楣，成乡里一时之佳话；刚强自立，守一生懿德，成莫氏优良家风，为四邻称羡。赞联：足踏三寸，量尽苦辛万千，甩人间冷暖于脑后；心怀一家，抚孤春秋五八，光莫氏门楣于目前。季子永甫沐手敬撰于丁酉孟春。"

[2]乐山程氏：指苏洵夫人程氏，貌美贤淑，教育浪荡夫君苏洵二十七，始发奋，读书籍；培养了两个儿子苏轼、苏辙，终成唐宋八大家中"三苏"。程氏功德无量。苏轼儿子苏过、苏辙儿子苏远、苏迈儿子苏符都擅长书法，造诣又是苏过最高。人云："苏氏三虎，叔党最怒。"又称"后三苏"。

[3]莫氏祖居雄东山麓，牛栏江畔，位于会泽、宣威、威宁三县交界，鸡鸣三县之地。

[4]族、出、博：今读平声，古读仄声。

有怀大乐村胡大嫂（2首）

（2021年9月5日）

柘溪闺秀嫁胡家，内外勤劳两不差。
远近无分帮解困，乡民百载竞相夸。

相夫教子有专长，擅育金花朵朵香。
女辈家兴三代远，政坛企业惠家乡。

【注　释】

[1] 夏嫦娥，1917年农历8月8日出生，湖南安化县古楼乡人，2010年5月15日逝世，享年94岁。她嫁与新化县荣华乡大乐村胡大尧为妻，因其夫属"佐"字辈，故我称呼她为"大嫂"。

[2] 胡大嫂一生勤勉持家，相夫教子，尤其培养闺女出嫁，事业发展。女婿苏先亮教育家，外甥苏业绍企业家，外甥女苏玲彬政府官员等，皆不忘乡邻，遇事大力襄助，广获好评。

张湘平

张湘平，1993年3月18日出生于内蒙古赤峰市古山镇，湘籍。2015年7月毕业于天津科技大学和美国纽约州库克大学，分别获得经济学与管理学双学士学位。8月在中铁十八局集团国际工程公司参加工作，分配到迪拜分公司卡塔尔项目部，从事办公室、人力资源工作和海外工程承揽风险、成本控制研究。2019年8月调到国际工程公司，从事工会财务工作。

在经济管理方面，经济师。在中国《社会科学》发表《中国货币国际化与对外贸易关系》，在美国《American Journal of Civil Engineering》发表论文《Analytical Elastoplastic Solutions for Deep-buried Circular Tunnels Under Asymmetric Load》，在埃及《Shock and Vibration》发表论文《Rheological Properties of Argillaceous Intercalation under the Combination of Static and Intermittent Dynamic Shear Loads》等多篇。

在工程管理方面，国家房建一级建造师。参编《铁路建设项目水土保持施工及验收规程》（负责收集、整理和翻译国外铁路建设领域水土保持方面的先进技术、工法等成果，结合国内实际情况，提出建设性撰写和修改意见），于2020年12月23日由中国铁建〔2020〕172号文发布，于2021年5月1日实施，并由人民交通出版社出版。

在创造发明方面，中国发明家协会会员。获得国家知识产权局授权实用新型专利8项、发明专利3项，获得国际发明专利5项。

在文学创作方面，天津市作家协会会员。在《工人日报》《人民铁道》《中镇诗词》《艺术家》《中国铁道文艺》《沈阳铁道报》等报刊发表诗词、散文、新诗20多篇和中篇小说《秋风起》(3.2万字)，出版新诗集《意象世界》、旧体诗词集《丝路雅韵》。

在翻译文学方面，出版《泰戈尔〈飞鸟集〉汉译七言绝句》《勃朗宁夫人〈十四行诗集〉汉译七言律诗》等。

专家评价：

1. 第三届鲁迅文学奖获得者、辽宁大学博士生导师王向峰教授："张湘平以七绝体所译的《飞鸟集》，由于其体式是七言律绝，我读来感到有以下几个特点值得肯定：首先是在尊重原诗的原意前提下，以传达原意为主导，虽在体式上改变了形态，却突出了泰翁原诗的哲理情思。其次是以律绝体译泰翁诗，使中国读者不仅读来有本土的文化气息，在有利于背诵的条件下也易于接受，并使人诱发写作近体诗的兴趣。最后是附有《飞鸟集》的英文原文为参照，可由读者以英语检视汉译，评议译文，看其变为七绝载体后因由语言和体式变化而带来的长处与短处以及得失。"

"《丝路雅韵》中的抒写内容非常丰富，与他的人生经历同步相伴。从童年的记忆，故乡的风物，乡村的变化，长辈的亲情，旅游的见闻，劳动的场景，企业的壮大，国家的发展，等等，都能每忆有诗，随见写出，情真意切。诗词集里，让人感到写得最多的篇什是隧道打通，铁路筑成，高铁通车，建筑完工，每到这时，张湘平必有诗歌以咏之。我想，这与他亲自参加了艰苦的劳动过程密不可分。一项规模宏大、难度巨大的工程建设成就，为之付出长时间劳动和辛勤汗水的建造者，与参观欣赏者的感受肯定是有很大区别的，因为直接参与创造的人是自身自由与自觉的本质力量的对象化观照，能诗者必定是'劳者歌其事'。"

2. 襄阳市作协副主席、保康县作协主席李修平先生："一切成功在尝试。在这部《〈飞鸟集〉汉译七言绝句》中有许多值得称道的尝试。译著中汉译七言绝句自然是主体，难能可贵的是还有译者母亲李贵耘女士的笺注，包括英译对照，而且每首绝句都附有郑振铎先生的译诗，还有对译者在绝句创作中用典的注解，个别诗还附有其他翻译家的经典译作。一书在手，我们就是在多级的文化层面上跳跃，同时在享受西餐与中餐的味道。一些脍炙人口的诗句时常跳进我的脑海，就像我们滋滋不忘唐诗宋词中的名句一样。阅读泰戈尔的作品，我们总能感受到一种振奋人心和进取奋斗的精神鼓舞。张湘平把握了泰诗的格调，读他的译诗也让我感觉到这种精神的愉悦。"

3. 著名诗词家和学者冷阳春先生："郑振铎翻译的泰戈尔名诗《飞鸟集》，全部用散文或者说散文诗，而湘平翻译的《飞鸟集》则以严谨的格律形式，典雅隽永的词句，蕴藉含蓄，音韵和谐，平添许多韵味，令人读之兴趣盎然。由此显示了湘平之卓荦才华以及高超的创作艺术，令我由衷感叹：'后生可畏也！'因此，这部著作的署名是泰戈尔原著，张湘平译著，我深表赞同。"

4. 《北京诗苑》和《诗词家》编委、中华吟诵学会理事、诗词界和学术界"李子体"创立者曾少立先生："《飞鸟集》进入中国很早，若论影响力，首推郑振铎先生的译本。《飞鸟集》由泰戈尔用其母语孟加拉语写成，再由他本人译成英文。郑先生的白话汉译，非常严格地忠实于英文。但这个译本缺陷也非常明显，它既不押韵也不分行，更无音律，严格说来是散文而不是诗。它的流行，恐怕一是得益于它对原作的忠实，二是得益于新文学的长期霸权。一百多年来的新文学，白话诗与散文的界限始终模糊不清。因此，郑版译文一直被许多人称作'诗'。实际上，它只是一个非诗的中间文本。既然《飞鸟集》是诗集，那译文也必须是诗，才算完美。换句话说，必须有人接力郑先生，在他的基础上继续诗化。如今，张湘平成了这个接力者。另外，前几年冯唐先生也用白话诗翻译了《飞鸟集》。作为一个中国传统诗词的写作者，我无疑更支持张湘平。传统诗词言简意赅，含蓄隽永，更具诗歌美感，更具群众基础，也更加琅琅上口，易于传诵。匈牙利诗人裴多菲的《自由，爱情》这首诗，几个版本的白话译诗都远不如齐言的'生命诚可贵，爱情价更高'流传广泛，就很能说明这个问题。"

5. 著名诗人、散文家、文学评论家刘功业先生："拿到这部《丝路雅韵》诗词稿，难免有些惊讶。很难想象，这数百首语言质朴、视角独特、生活气息浓郁、诗意盎然的古体诗词，会悄悄出自一位看似有些腼腆、显得憨厚，似乎还有着一些稚气的90后理科男之手。在张湘平的这部诗集里，青春、爱情，是年轻人最占优势的抒情主题。故乡、土地、亲情，是作者永远割不断的情思。关注现实的痛感，捕捉生活的美妙，感受平凡中的诗意，歌唱劳动，让温暖和阳光照进心灵，这是作者的高尚品格和主动意识。工程机械题材的诗，作者找到了巧妙的描写视角，让诗意从冰冷的钢铁、坚硬的砼面上发散出来，折射着这个最能体现中国制造与中国创造发展速度和创新成就的行业特色。"

6. 清华大学中国文化创意产业研究中心研究员何煜博士："'朗朗晴空万里天，不争轻履便鞋先。清莲掘取泥塘送，污管排通地道穿。风雨摧花惊暖季，雪霜绝鸟锁寒川。安居出列双双勇，护引英雄走陌阡。'（《长筒雨靴》）'不慕繁华餐酒肉，深山僻处把家安。机铺钢轨琴弦按，手扯云巾汗脸揎。眼放长空收四乐，心存野外正三观。泉溪夜里清歌伴，大梦追来汽笛欢。'（《铁路建设者》）等等优美的诗句，因为运用了天马行空的想象与比喻、对仗等艺术修辞，让诗境升华，达到王国维所说的那种'天放之境'"。

7. 中铁十八局集团党委宣传部部长陈仕奇先生："《丝路雅韵》创作题材、内容十分丰富，从自然现象、风土人情、劳动生活、家国情怀，直至个人的内心感受，大多数题材来自生活，又高于生活。咏风、雷、电等景象，咏树、草、霞等景物，咏桥、隧、机械等实物，湘平或笑看风云变幻，或静观山水旖旎，或闲赏花鸟虫鱼，或卧听雨打芭蕉，随心而行，信手拈来，一任工作的印迹和生活的故事在时光里，细语悠长……湘平的诗，很纯，清澈如一汪泉水。生动、鲜活，无一不透着晶莹的美感，生活的质感，充满妙趣。"

8. 诗人和诗歌评论家江崇生先生："湘平诗心灵动，诗魂纯净，诗情汹涌，他总是在平常的工作和生活中有意外的发现，种子出苗，情商孕育。若说一带一路是中国写给世界的长诗，那么这里就添进了他雄浑的诗行。热心向上的情怀，坚忍不拔的品格，笃定前行的信念，致使他诗化了自己特殊的感动，也使我们见识了中国制造、中国速度和中国自豪。"

讽题卖菜掺水

（2016年1月16日）

井水村头不用钱，装壶备桶洒喷泉。
腰包瘪变圆圆鼓，杆枰低升翘翘偏。
加水催生添菜量，增鲜耐看引人缘。
蔬园农市双兼顾，收入悄翻两倍钱。

春登太白岩（2首）

（2016年3月8日）

送暖春阳润百花，杯池流水响哗哗。
遥思畅饮诗仙醉，青石临风笑卧斜。

凤舞龙飞字句香，诗随酒兴带芬芳。
为何宕逸豪情满？胸贮长江胆魄狂！

【题 解】

太白岩又名西山、西岩，全长3公里，最高海拔405米，占地约60公顷，位于万州主城区北面，有"万州第一山"和"白岩仙迹"之美称。太白岩石刻群主要分布在半山腰岩壁间，现存历代名人雅士、老道高僧游览题刻43件。其中清以前6件，清代28件，民国9件。新中国成立后镌碑刻50余件。

咏螺丝钉·酬答父亲（3首）

（2016年5月26日）

一往情深砥砺勤，刀旋思路嵌螺纹。
不嫌孔小行程短，赤胆缝钉器械殷。

一经拧紧终生守，不锈坚贞肚里藏。
小我甘心承苦痛，换来重器护边疆。

心情激动免翻腾，决不松弛改爱憎。
闪亮螺纹旋陡路，朝阳引我奋攀登。

【题　解】

我于2015年7月天津科技大学毕业后参加工作，父亲张馨赋诗《咏钉子·送湘平去卡塔尔工作（2首）》相送别，其一是："钢钉续打去扶持，抵进直身脚板锥。自此生存多挤塞，《挺经》可解要深思。"其二是："挥锤打入陌生春，钉紧田园赖苦辛。露帽缘求宽眼界，招来日月作芳邻。"

【笺　注】

[1] 重器：重大或重要机械设备，如航空母舰、重型远程轰炸机、激光武器、氢弹、隧道掘进机、盾构机等。

[2] 弛：chí，旧读上声，今读平声，此依新四声。

汶川樱桃（2首）

（2016年5月31日）

又播樱桃阜汶川，八年记忆涌胸前。
山崩水啸摇尘地，兽窜禽飞怯雨天。
果似红心焦乱跳，枝如巨臂救求牵。
绵甜等待成残酷，醉客精灵入九泉。

曾经至爱啖樱桃，震后食盘欲不高。

川妹含苞埋背篓，桃枝带火卷阴曹。

茸芽沐雨村民汗，血果承辉子弟醪。

十载汶川消巨痛，新诗频拟纪征袍。

【题 解】

这两首七律是对 2008 年 5 月 12 日汶川地震的纪念。此次地震面波里氏震级达 $8.0M_S$、矩震级达 $8.3M_W$，地震烈度达到 11 度。地震波及大半个中国及亚洲多个国家和地区，北至辽宁，东至上海，南至中国香港、中国澳门、泰国、越南，西至巴基斯坦均有震感。

"5·12"汶川地震严重破坏地区超过 10 万平方千米，其中，极重灾区共 10 个县（市），较重灾区共 41 个县（市），一般灾区共 186 个县（市）。截至 2008 年 9 月 18 日 12 时，共造成 69227 人死亡，374643 人受伤，17923 人失踪，是中华人民共和国成立以来破坏力最大的地震，也是唐山大地震后伤亡最严重的一次地震。

再咏桥墩

（2016 年 6 月 5 日）

有幸排排立水中，晴空雨雪惯江风。

叠峰滚涌牙关咬，压力增添气势雄。

未许腥泥污骨节，已同素月约苍穹。

人生字典无抛弃，出世终生挺彩虹。

葡萄藤（2 首）

（2016 年 6 月 22 日）

起步从根不畏难，狂风暴雨等闲看。
秋来到顶欣回首，曲曲弯弯作景观。

历雨经风走曲途，光披日月孕珍珠。
众人喜解甜滋味，哪晓酸辛只自纾。

戏咏气球

（2016 年 7 月 1 日）

无形氢气醉双因，晃晃悠悠表演频。
自我吹嘘如大鼓，他君度量似轻尘。
闲人设计高天送，孤己摘星技艺贫。
最忌空中传嘭响，粉身碎骨丧精神。

依韵和父亲《树下新苗》(2首)

(2016年7月7日)

征途万里丝绸路,自立人生梦不空。
扑向基层缘地气,中兴事业破朦胧。

新苗沃土支撑劲,不敢贪图只纳凉。
历练风霜身骨硬,冲天茁壮不彷徨。

【题 解】

[1]我父亲张馨原诗《树下新苗(2首)》,其一:"昼思夜盼凝朝露,总待黎明梦想空。丽日中天光线足,等来阴影幂朦胧。"其二:"天生大树葳蕤劲,自古新生好纳凉。我叹今情悲苦楚,一生耽误总彷徨。"诗意是自古大树底下好乘凉,但没有雨露,没有阳光,会耽误新苗一生。

[2]冷阳春先生评价此二绝句:"青出于蓝而胜于蓝。"

再咏气球(2首)

(2016年7月20日)

坦胸露背似粗豪,里净皮圆有贬褒。
小嘴如弹先管束,天时地利准升高。

吃拿卡要不沾边，嘴系柔绳少祸愆。
惯与清廉空气近，升迁有度不由天。

【笺　注】

愆：qiān，罪过；过失。《诗·大雅·假乐》："不愆不忘，率由旧章。"
明·刘基《海宁应氏墓庵记》："以不愆于义方，不诡其逢而守其常。"

丙申七夕代赠（2首）

（2016年8月9日）

又逢蓝夜戴星斜，所幸银桥渡北家。
节日牛郎偏浪漫，鲜花难久赠诗花。

情人节里送鲜花？怎表长天万里霞？
合只今宵开欠据，来生还债觅君家！

泪赞中国女排（3首）

（2016年8月29日）

英雄最重在无闻，打掉门牙和血吞。
站起尘埃轻抖落，心中依旧驻昆仑。

里约出征换将奇，指挥冷静赖军师。
女排硬气同心铁，胜彼强邦笑展眉。

光环照耀捧红心，更重平常苦泪深。
海纳百川添技艺，如林强手立高岑。

【题　解】

　　2016年8月15日，里约女排奥运会小组赛中国分在B组，有荷兰、意大利、塞尔维亚、波多黎各、美国、中国，谓之死亡之组。中国2∶3不敌荷兰，3∶0胜意大利，0∶3惨败塞尔维亚，3∶0胜波多黎各，1∶3不敌美国，以最后一名进八强。在8月17日1/4决赛中，中国女排3∶2力克东道主巴西女排锁定4强最后1席，惜败的巴西女排无缘奥运3连冠，中国女排时隔8年后再度打入奥运半决赛。8月19日半决赛中，中国女排3∶1战胜荷兰女排，报了小组赛不敌对手的一箭之仇，时隔12年再次挺进奥运会决赛。8月21日决赛，中国女排在先失一局的情况下连扳三局，以3∶1逆转战胜塞尔维亚女排，这是中国女排时隔12年再次获得奥运冠军，也是她们第三次获得奥运会金牌。

故乡牛哞（2首）

（2016年11月15日）

屋旁平地日西斜，秋末孩童戏落霞。
只恨夕阳收拾快，牛哞召唤紧回家。

出山游子猛回头，老眼昏花晚照悠。
偶忆炊烟升老屋，牛哞唤醒尽乡愁。

铁路桥墩（2首）

（2016年12月2日）

谁将砥柱竖江心？袒背平肩没水深。
我辈英雄排乐队，齐扛铁道奏长琴。

大江刚骨顶长天，列队威严立水渊。
脸色平和心不跳，动车高铁负双肩。

咏千斤顶（4首选3）

（2016年12月17日）

身若孩童气若虹，千斤重负显精忠。
临危倘乏支撑劲，化险安全保障空。

宁断非弯品性殊，累加负荷不踟蹰。
从无重赏依然勇，盖世功成躲库隅。

坐正不疑影子斜，取人以貌未咨嗟。
心贪倘灌廉油腐，重负前程自毁家。

高铁女测量工程师

（2017年1月2日）

不让须眉踏野荒，流云剪取作裙装。
标高测准飞沟涧，中线悬牢入岭冈。
风雪相侵知凛冽，月星为伴守清香。
纵横高铁青春换，闭塞山区引凤凰。

平地机

（2017年2月4日）

巨刃风轮巧架轻，气吞如虎扫长程。
前塘十里碴车垫，后堑三丘钻孔轰。
烈日艰辛凭汗洗，寒霜滞阻不心惊。
五丁广筑通天路，何惧民间有不平！

挖掘机

（2017年1月16日）

大臂频挥气概雄，移山胜过古愚公。
冰霜冻紧层层破，雨雪淤深处处冲。
铁履旋环追皓月，钢抓昂首补苍穹。
土岩建筑拦途虎，举手轻松一扫通。

谒谭嗣同墓（3首）

（2017年1月22日）

慈禧刀刃全心愿，动地惊天踏险途。
血柱冲天射牛斗，高呼唤醒众凡夫。

奔腾热血似岩浆，色染霞红引曙光。
浑噩灵魂皆卧醉，亦将觉醒细思量。

一腔热血起悲歌，志士雄心沸海波。
自此神州无静夜，艰难奋斗不蹉跎。

除夕致新疆河尾滩边防哨所（3首）

（2017年2月27日）

谁家今夜未逢新？游子归来洗路尘。
我敬高原河尾哨，终年雪域不知春！

岁岁寒风长受冻，三年春节未探亲。
家中短信新年贺，冷月边关献赤忱。

自挂灯笼赏雪巅,天悬孤月映窗前。
冰峰为伴值班罢,军犬相依看对联。

悟诗记录(3首)
(2017年2月6日)

莫言口语太平常,商贩农夫信口张。
几字清新形象句,生机远胜摞华章。

诗章妙处朦胧意,悟者从来得道深。
如米新苞刚孕育,花香已动诱人心。

笔不离身苦练功,语言支配首当冲。
寻常字句开新境,状写人间万态丰。

写诗有感(4首)
(2017年2月19日)

射雕巨手赋新诗,超越当时几代思。
纵使生平潦倒甚,闻名后世启宗师。

写诗务必激情萌，莫变岩浆冷砾晶。
焦躁全抛甘寂寞，耐心开采取精英。

赋诗节奏远思追，情跃高峰涧谷随。
睡醒出神心智遣，诗情意境露端倪。

鲜灵意象出神思，浓郁真情别致奇。
诗句如芽伸冻土，悦人眼目动心脾。

推土机

（2017年2月25日）

身粗未作痴牛喘，志壮心雄泰岳移。
削去丘峰驱铁履，填平沟壑走尘泥。
闲花野草难迷眼，浊水污风不蹙眉。
高铁运程三万里，路基推垫建功奇。

【笺 注】

三万里：非实指，很多的意思。2017年1月3日在北京召开的中国铁路总公司工作会议上了解到，2016年全国铁路行业固定资产投资完成8015亿元，其中国家铁路完成7676亿元；投产新线3281公里、复线3612公里、电气化铁路5899公里；新开工项目46个，其中15个项目以地方政府或社会资本投资为主。到2016年底，全国铁路营业里程达12.4

万公里，其中高速铁路 2.2 万公里以上。

丝路新韵

（2017 年 3 月 21 日）

商旅丝绸没古荒，繁华富裕史书详。
驼峰座座擎朝日，马足沉沉踏血阳。
贾市隔开星月夜，沙滩遍种枣梭杨。
新途广阔仍铺掘，一带西欧友谊长。

【题　解】

一带一路：是"丝绸之路经济带"和"21 世纪海上丝绸之路"的简称。2015 年 3 月 28 日，国家发改委、外交部、商务部联合发布《推动共建丝绸之路经济带和 21 世纪海上丝绸之路的愿景与行动》：倡议使理论中关于第三代两极世界进程的先经济后政治的合作步骤原则、先中亚俄罗斯后南亚东南亚再中东非洲最后欧洲的地缘推进原则、先竞争性领域后自然垄断性领域再公共产品性领域的产业递进原则从理论走向了现实，特别是以社会主义基本原则为基础提出的产权合作递进原则得到了初步体现。

【笺　注】

[1] 枣梭杨：在沙漠中生长的刺枣、梭梭树，杨柳树。

[2] 血阳：指残阳、落日。

再咏蒲公英（2首）

（2017年3月25日）

花身辐射白光芒，犹似芳龄女手张。
原野初升红日绚，一生浪漫梦轻狂。

轻盈爽快任沉浮，语默心伤不再愁。
不是东西迷走向，背驮憧憬自翔悠。

装载机

（2017年4月3日）

挺举苍穹力万钧，碴车配运起风轮。
高山挡路平移劲，大海浮舟种岛辛。
放胆偏将荆刺碾，开怀谨把秽污泯。
山乡闹市无挑拣，改换乾坤面貌新。

【笺 注】

种岛：指在南海人工造岛。截至2017年初，中国在南海海域建立了八个人工岛，分别是华阳礁、美济礁、赤瓜礁、东门礁、南薰礁、渚碧礁、永暑礁、永兴岛。其中永兴岛属于扩充面积。

沥青混凝土摊铺机

（2017年4月6日）

莫言碎步老龙钟，精品从来出细锋。

趁热吞珠收殆尽，随温吐脯摆均松。

骄阳不怠摊铺劲，明月无眠碾压重。

铁履钢箱怀浪漫，半天客货驶长龙。

震动式压路机

（2017年4月10日）

钢躯胶履起云烟，撼镇摇乡稳步前。

远运流砼襄垫面，近铺热沥助摊沿。

明知迈脚遭伤烫，偏向行程忍痛煎。

重压谋筹施动力，巨身碾处坦途延。

拉萨明月

（2017年4月18日）

高原恰似飞天上，云淡风轻夜朗微。

伸手星明摘屋贮，纵身月亮抱家归。

熙和梵宇人间净，清澈银河垢物稀。

梦想春来租瘦月，作舟东入洞庭矶。

代赋鼾声

（2015年2月19日初稿，2017年4月20日修改）

终生坦荡宽心地，每夜眠床不带愁。

午日临窗惊霹雳，晚星入户吓温柔。

平时细语轻言惯，梦里掀天撼地遒。

侄赋新诗形象具，火车唬唬到楼头。

【题　解】

2015年2月15日到22日，四叔胡佐汤一家来桓仁过春节（19日），堂弟胡祝卿写了一首新诗《大伯的鼾声》，结尾是"鼾声从主卧飘出，好像蒸汽火车鸣笛进站。"形象生动。作者张湘平代赋七律一首戏嘲。

【笺　注】

唬唬（hǔ hǔ）：象声词。此乃作者形容望湘津客在睡着了后其鼾声之大。唐·柳宗元《解祟赋》："风雷唬唬以为橐籥兮，回禄煽怒而喊呀。"

桂林月牙山（2首）

（2017年5月1日）

嫦娥谁语住寒湾？远望花桥秀色环。
我愿偷将灵药取，终生守伴月牙山。

曾偷灵药远人间，无水寒宫缺碧山。
秋桂花香零落尽，孤身寂寞又飞还？

童思瀑布

（2017年5月12日）

万年高寿数山娘，骨硬勤劳耳目常。
瀑布织来披勇士，玉珠溅去赠游郎。
晴中起跳英雄气，雨后开怀美女妆。
展示飞崖筋骨健，深潭汇聚走东方。

冬后春雨

（2017年5月14日）

自行收拢银双翅，犹似空兵降伞来。
久旱高山期雨润，严寒洼地望春催。
找寻渠道浇林圃，倾注毛纹润蕾胚。
脚步匆匆停下紧，川原突醒鼓声擂。

【笺 注】

[1] 蕾：lěi，新旧四声皆为上声。本义是含苞未放的花朵。宋·王安石《次韵春日感事》："丹白自分齐破蕾，青黄相向欲交阴。"金·元好问《同儿辈赋未开海棠》其二："枝间新绿一重重，小蕾深藏数点红。"

[2] 擂：有平去两声，此为平声仄义。

雾霾酸雨

（2017年5月16日）

不幸人间犯上苍，英伦百载又龙乡。
家园笼罩森林死，环境蚀侵淡水黄。
翠鸟拢收双翅痛，游鱼翔泳片鳃伤。
碳烟硫雨心机重，抢卧中华字典央。

【题 解】

1872年英国科学家史密斯发现伦敦出现酸雨，被称作"天堂的眼泪"或"空中的死神"，具有很大的破坏力。它导致大量农作物与牧草枯死，破坏森林生态系统，大面积死亡，还使江河湖泊微生物和鱼虾大量死亡，成为"死河""死湖"。酸雨、尤其是酸雾会对人体健康造成严重危害。侵入肺的深层组织，引起肺水肿、肺硬化甚至癌变。据调查，仅在1980年，英国和加拿大因酸雨污染而导致死亡的就有1500人。

农村城市化

（2017年5月17日）

柏油马路伸乡野，绿色歌谣岁月吞。
接走青年心向业，失传老辈手工门。
楼高犬吠闻奇迹，院窄人疏见远村。
浓淡炊烟成记忆，小城一岁胖墩墩。

五律·天津王串场菜市买鸡

（2017年5月22日）

昔自农村出，鸡群识母公。
城郊购饲料，市内卖筲笼。

孵幼无知爱，啼晨不会雄。

难分公与母，笑返手中空。

【笺 注】

筼：yún，本义是竹子的青皮。借指竹子。筼筜：用竹皮编制的笼子。清·周煌《吴兴蚕词》："目才到三眠半月强，即时懒意满筼筐。"唐·钱起《赋得池上丁香树》："黛叶轻筼绿，金花笑菊秋。"

五律·擦鞋郎感赋

（2017年5月27日）

本可高瞻远，今研脚下详。

彩裙观不易，美腿赏匆忙。

布面经干洗，皮帮过色浆。

自刷温饱计，抹亮送风光。

【笺 注】

刷：shuā，旧读仄声，今读平声。此依新声。宋·杨万里《发银树林》："莫过溪桥银树林，溪深未抵路泥深。清风一阵掠人面，晴色半开关客心。远岭惹云秋里雪，淡天刷墨晓来阴。几多好句争枝我，柳夺花偷底处寻。"

蜘蛛人感赋

（2017年6月4日）

一根麻索悬楼顶，性命攸关吊碧空。
脑血升温频震颤，灵魂出窍又迎逢。
轻风无意吹迷眼，烈日存心烤化笼。
破碎玻墙匆换取，洗窗涤壁净苍穹。

【题 解】

蜘蛛人：是指在从事高层建筑、大楼清洗、空调安装和修缮等高空作业的人，是一个高危工种。该行业前景乐观，年龄只要不超过40岁，身高一般在1.60～1.75米，体重在55～65公斤，无恐高症、心脏病、高血压、精神疾病的人就可从业。从2010年起，北京从事外墙清洗、空调安装等高处悬吊作业的"蜘蛛人"均需持证上岗。

泥瓦匠感赋

（2017年6月6日）

难舍村窝亦跳槽，不辞千里握泥刀。
眼前市望川平阔，脚下城期厦长高。
汗水衣襟随挤兑，体能筋骨尽疲劳。

资金预算房封顶，应发工资泡沫消。

【笺　注】

厦：shà，高大的房子。唐·杜甫《茅屋为秋风所破歌》："安得广厦千万间，大庇天下寒士俱欢颜。"

长城感赋

（2017年6月16日）

万里长城犹巨尺，五千载丈汉文明。
先人数代辛勤造，外寇多番恨毁倾。
西北沙尘吞碧绿，东南海浪浸晶莹。
双途一带中华梦，水陆齐量举世惊。

老铁道兵思绪（3首选2）

（2017年6月29日）

青丝已换雪霜纷，卸甲归来岁月欣。
每遇芬芳工地忆，赳赳壮志拟将军。

情源土地驱工地，我辈依然地气滋。

雨雪风霜粗砺变，曾经梦缺补圆诗。

【笺　注】

赳赳：jiū jiū，旧仄今平，此依新声。意思是健壮威武的样子。《诗·周南·兔罝》："赳赳武夫，公侯干城。"清·李渔《慎鸾交·却媒》："那知道陈平面目子房身，不尽赳赳似武臣。"

全国首条市域铁路开工建设（2首）

（2017年7月6日）

经济温州卅载神，南来北往引农人。
车流似蚁门前堵，瓶颈医通利市民。

亲朋互访乘高铁，城际通商坐动舟。
市域温州开首创，客专三子共潮头。

【题　解】

[1] 2017年5月24日，作为全国首创、温州首条市域铁路S1线一期工程53.5公里正式开工。这是全国首个制式创新的轨道交通项目和温州市轨道交通规划线网中最重要的主干线，也是"国家战略新兴产业示范工程"，最高运行时速达到120～140公里，将采用全新研制的市域动车组。

[2] 市域铁路是一种介于城际铁路和城市轨道交通的新型轨道交通系统，不仅能在中心城与新城间提供快速、大容量、公交化服务，还能连接

国家干线实现互联互通。我国已构建高铁、城际铁路、市域铁路"三位一体"完整的客运专线铁路技术体系。

【笺 注】

卌：xì，四十。《广韵·入声·缉韵》："卌，《说文》云：'数名。今直以为四十字。'"孙发亭《祝贺"深圳诗词学会七十风华"诗书画展开幕》："先行改革树高标，奋发图强敢弄潮。七秩风华橡笔记，卌年硕果汗青昭。琳琅满目迎宾客，奎壁开怀吹管箫。会展鹏城八方贺，文人雅士乐应邀。"

观电视剧《人民的名义》（2首）

（2017年7月10日）

权力如刀两刃硎，兢兢业业立堂庭。
何时暗取脏污利，却把余生耻柱钉。

自古贪赃教训深，于今腐败虎蝇擒。
夜间自饮清凉剂，滚滚红尘止秽心。

【题 解】

《人民的名义》是由最高人民检察院影视中心组织创作，最高人民检察院政治部、最高人民检察院反贪总局、湖南卫视、天娱传媒、弘道影业、天津嘉会文化传媒、光环影业联手制作的当代检察题材反腐电视剧，由著名编剧周梅森创作，国家一级导演李路执导，陆毅、张丰毅、吴刚等联袂主演。该剧以检察官侯亮平的调查行动为叙事主线,讲述了检察官们步步深入,查办国家工作人员贪污受贿犯罪的故事。

【笺 注】

硎:xíng,磨刀石。明·马中锡《中山狼传》:"老农之妻妒且悍,朝夕进说曰:'牛之一身,无废物也:肉可脯,皮可鞟,骨角且切磋为器。'指大儿曰:'汝受业疱丁之门有年矣,胡不砺刃于硎以待?'迹是观之,是将不利于我,我不知死所矣!夫我有功,彼无情乃若是,行将蒙祸。汝何德于狼,觊幸免乎?言下,狼又鼓吻奋爪以向先生|先生曰:'毋欲速!'"

珠港澳大桥连接线拱北隧道安全顺利贯通(2首)

(2017年4月12日初稿,7月19日修改)

软土岩山卧岸头,幕屏顶管解千愁。
炎天作法成冰柜,华夏长房掘地遒。

六道双行更两重,千般技艺世难逢。
开通一隧连三岸,二子归来情义浓。

【题 解】

由中铁十八局集团负责施工的珠港澳大桥连接线——拱北隧道,暗挖段长255米,采用曲线管幕+冻结法技术施工,创造多个世界纪录。该隧道于2017年4月10日安全顺利贯通。

【笺 注】

[1] 长房:《神仙传》:"费长房学术于壶公,公问其所欲,曰:'欲观尽世界。'公与之缩地鞭,欲至其处,缩之即在目前。"

[2] 二子:指香港、澳门回归祖国。

铁路建设工地望月(3首)
(2017年7月25日)

铁建繁忙怎奈何?晨曦落日紧张罗。
山间月亮心思细,夜晚升空关切多。

铁兵忠孝永难全,苦累荒原宿陌阡。
夜近收工观月色,母容父貌映银蟾。

高铁新铺向四方,亲人万里似同乡。
山中新月邀人近,看客连心共酒觞。

长城遐想（3首）

（2017年9月30日）

大好河山景色多，满身血泪紧箍何？
长缝惨痛心中忆，国富军强势止戈。

苍茫万里睡年年，似给昏君殉挽联。
盛世开关师绝技，强身昂立锦山川。

残砖雨雪蚀深痕，脸色凄青主上昏。
唾骂凭君先住口，无辜最久是冤魂。

自动断电水壶（2首）

（2017年10月9日）

水壶理性有追求，热起狂潮自退休。
倘使翻腾温不断，酿成惨祸悔悠悠。

热忱激起迈前程，不负青春砥砺行。
狂沸源头能自解，返归平静品人生。

咏泰山（2首）

（2017年11月26日）

万峰仰首此山崇，地母躯腴乳汁丰。
源远文明流世界，更滋华夏立群雄。

身高未到珠峰半，灿烂文明自越巅。
山左才雄十二圣，勤培劲骨永擎天。

【笺 注】

[1] 山左：指山东省。山：太行山。

[2] 十二圣：指齐鲁大地的商圣管仲、史圣左丘明、至圣孔子、武圣孙子、工圣鲁班、科圣墨子、医圣扁鹊、亚圣孟子、算圣刘洪、智圣孔明、书圣王羲之、农圣贾思勰。

青玉案·咏自行车

（2017年12月7日）

每天上下班开路，总骑汝、轻烟去。周末闲时谋共度。两轮驱动，手撑双抚，驶向相期处。　　白天我自忙如许，君立遮棚等驭。晚上墙边支盹苦。梦成车带，为行新步，憋气十分足。

长筒雨靴

（2018年1月6日）

朗朗晴空万里天，不争轻履便鞋先。
清莲掘取泥塘送，污管排通地道穿。
风雨摧花惊暖季，雪霜绝鸟锁寒川。
安居出列双双勇，护引英雄走陌阡。

自行车车铃

（2018年1月8日）

骑车上道含修养，公共交通守法行。
狭路相逢须礼让，坦途作别应文明。
人危自是鸣方便，我急当然告险情。
识礼知规凭进退，银铃清脆返归程。

热水瓶胆

（2018 年 1 月 12 日）

问世于今双百载，待人服务屡谦恭。
玻层隔处真空闭，木塞填间沁水封。
底座刚柔承负荷，外笼结实护从容。
胸中惟有怀孤胆，敬客茶香意满胸。

铁路建设者

（2018 年 1 月 16 日）

不慕繁华餐酒肉，深山僻处把家安。
机铺钢轨琴弦按，手扯云巾汗脸掸。
眼放长空收四乐，心存野外正三观。
泉溪夜里清歌伴，大梦追来汽笛欢。

【笺 注】

[1] 四乐：是指铁路建设者"自得其乐，知足常乐，清贫自乐，以苦为乐"，是人生的一种高尚境界。

[2] 三观：指世界观、人生观和价值观。

铁路工地摄影一串汗珠(2首)

(2018年1月14日)

无意长描洒热珠,晶莹饱满入中枢。
徐徐滑落油光背,缓缓飞翔肚腹隅。
河上彩虹今拱卧,山间飘带昨镶铺。
钢躯铁骨延伸路,串汗颗颗项链殊。

敢将汗滴化星魂,深嵌城街涧谷村。
绿色江南连雪域,丰姿塞北跨高原。
牵桥顷刻千河渡,引洞须臾万岭翻。
钢轨两条精设计,铺成大国稳飞奔。

【笺 注】

[1]缓缓飞翔肚腹隅:指在夏天,铁路工地施工热火朝天,人人热血从胸间沸腾,慢慢飞升到头部,变成汗滴。

[2]颗:同《贫困村童有诗情(4首)》其二《种子》笺注。

故乡打磨匠

（2018年3月5日）

长年扇齿转圈忙，棱角消迎打磨郎。
钢凿前行开夜月，铁锤下打醒朝阳。
甜荞碎面充饥苦，糯米分身守岁香。
传语脱贫安电碾，于今掌控两机房。

【笺 注】

磨：mò，一种粉碎粮食、食物及其他物品的石质或其他材质的传统器具，通常是采用反复碾压、挤压摩擦来使颗粒状的物品变成粉末状。

凿岩钻头

（2018年3月16日）

情爱旋风抵石遒，贯穿死寂万年悠。
飞扬石粉沾衣满，欢唱歌声震耳稠。
钻进寻求希望迫，炮挖拓取距离优。
但凡前路生僵垒，自荐前行性命投。

咏燕子（2首）

（2018年4月12日）

满嘴衔泥气息新，伸腰展翅借风轮。
江河飞渡关山越，只把春搬北国珍。

长路飞翔觅食辛，晴天躯暖雨寒身。
纵逢料峭难相阻，塞北农家准送春。

送铁道兵宋厨师退休（2首）

（2018年4月18日）

扛枪打靶从前事，凿路搭桥改制筹。
炉灶煤焦喷火旺，菜锅铁铲炒蔬道。
爱慈广博持家久，厨艺高超品味悠。
饭后闲谈风趣典，添人智慧释人愁。

见论宋厨如长辈，人人感受沐春霞。
开工每每先回岗，休假常常后到家。
腰损操刀身站立，肩炎掌勺手翻斜。
送行十里回头九，退养翁妻补欠赊。

【笺 注】

搭：dā，支，架。"搭桥"是作者家乡方言。如："这条沤时常涨水，要搭一排桥才行。"宋·黄庭坚《讲武台南有感》："月明犹在搭衣竿，晓踏台南路屈盘。骆子雨中先马去，村童烟外倚墙看。鸦啼宰木秋风急，鹭立渔船野水干。花似去年堪折赠，插花人去泪阑干。"

西北沙漠胡杨（2首）

（2018年9月2日）

芳园绿叶衬红花，未必从容幸福嘉。
泥土温馨情脉脉，难生大树挡风沙。

缺肥少雨不哀伤，沙暴寒流历自强。
选择西陲生绿笔，长天当纸写文章。

忆故乡老黄牛（2首）

（2018年9月30日）

悠然倒嚼垄头冈，垂柳枝条影映长。
眯眼临风披夕照，稻田级级插青秧。

愿忍鞭痕背上伤，丰收网结喜相望。
舌勾半抱青青草，应付春饥九曲肠。

卡塔尔咏烛禀父亲（2首）

（2018年10月19日）

圩度高温苦自知，立端站稳塑英姿。
兼修内外承双压，挺拔燃烧亮丽随。

激情满满非流泪，万里驱驰报国家。
请莫担心消误会，滴垂燃血照生涯。

【题　解】

卡塔尔属于热带沙漠气候，夏季（4~10月）炎热潮湿，光线较强，最高气温可达50度以上，冬季（11月~次年3月）凉爽干燥，最低气温在零上7度，年降水量仅为125毫米。

【笺　注】

圩：xū，意思是五十。二十为"廿"，三十为"卅"，四十为"卌"，五十为"圩"，六十为"圆"，七十为"进"，八十为"枯"。

咏火柴（2 首）

（2018 年 10 月 25 日）

擦着燃烧欲烛天，光辉可结永恒缘。

井岗最是燎原火，已照中华近百年。

莫言熄灭无踪影，身后悄悄播火星。

即照通天三日夜，心甘情愿受煎刑。

泰戈尔《园丁集》词选译（5首）

第01首

望海潮·面试园丁

（2021年元月10日初稿，2月15日修改）

泰翁机智，夜筹娱境，主回仆语开明。集散阑珊，剩余杂务，交由足下光荣。不遣远军营。盾矛短刀剑，入土埋平，罢免纷争。静心和气，做园丁。

女王欲问耘耕。旭晨如散步，草径新清。似锦繁花，爽纯臭氧，叽叽脆鸟声迎。向晚月高擎，稳把秋千送，羡煞蛙鸣。已允荷开玉臂，环境起闲情。

【张馨笺注】

［1］泰戈尔原诗《No.01》：

Servant: Have mercy upon your servant, my queen!

Queen: The assembly is over and my servants are all gone. Why do you come at this late hour?

Servant:

When you have finished with others, that is my time.

I come to ask what remains for your last servant to do.

Queen: What can you expect when it is too late?

Servant: Make me the gardener of your flower garden.

Queen: What folly is this?

Servant:

I will give up my other work.

I throw my swords and lances down in the dust. Do not send me to distant courts; do not bid me undertake new conquests. But make me the gardener of your flower garden.

Queen: What will your duties be?

Servant:

The service of your idle days.

I will keep fresh the grassy path where you walk in the morning, where your feet will be greeted with praise at every step by the flowers eager for death.

I will swing you in a swing among the branches of the saptaparna, where the early evening moon will struggle to kiss your skirt through the leaves.

I will replenish with scented oil the lamp that burns by your bedside, and decorate your footstool with sandal and saffron paste in wondrous designs.

Queen: What will you have for your reward?

Servant:

To be allowed to hold your little fists like tender lotus-buds and slip flower chains over your wrists; to tinge the soles of your feet with the red juice of askoka petals and kiss away the speck of dust that may chance to linger there.

Queen: Your prayers are granted, my servant, your will be the gardener of my flower garden.

[2] 冰心译诗《第01首》:

仆人：请对您的仆人开恩吧，我的女王！

女王：集会已经开过，我的仆人们都走了。你为什么来得这么晚呢？

仆人：

您同别人谈过以后，就是我的时间了。

我来问有什么剩余的工作，好让您的最末一个仆人去做。

女王：在这么晚的时间你还想做什么呢？

仆人：让我做您花园里的园丁吧

女王：这是什么傻想头呢？

仆人：

我要搁下别的工作。

我把我的剑矛扔在尘土里。不要差遣我去遥远的官廷；不要命令我做新的征讨。只求您让我做花园里的园丁。

女王：你的职责是什么呢？

仆人：

为您闲散的日子服务。

我要保持您晨兴散步的草径清爽新鲜，您每一移步将有甘于就死的繁花以赞颂来欢迎您的双足。

我将在七叶树的枝间推送您的秋千；向晚的月亮将挣扎着从叶隙里吻您的衣裙。

我将在您床边的灯盏里添满香油，我将用檀香和番红花膏在您脚垫上涂画上美妙的花样。

女王：你要什么酬报呢？

仆人：

只要您允许我像握着嫩柔的菡萏一般地握住您的小拳，把花串套上您的纤腕；

允许我用无忧花的红汁来染你的脚底，以亲吻来拂去那偶然留在那里的尘埃。

女王：你的祈求被接受了，我的仆人，你将是我花园里的园丁。

第02首

扬州慢·诗心老幼

（2021年元月15日初稿，2月15日修改）

华发仙人，慎思孤寂，夜来静听村中。荡游心聚集，两眼望苍穹。待音乐，闷沉打破，死亡来世，尽付秋风。淡光残月冷，晚星消隐长空。

离家游子，愿围炉，守夜由衷。世俗摆牵缠，人生秘密，低语相逢。苦泪昼浇春土，勤耕种，笑脸花融。喜与他年老，信同君幼孩童。

【张馨笺注】

[1] 泰戈尔原诗《No.02》：

"Ah, poet, the evening draws near; your hair is turning grey.

"Do you in your lonely musing hear the message of the hereafter?"

"It is evening," the poet said, "and I am listening because some one may call from the village, late though it be.

"I watch if young straying hearts meet together, and two pairs of eager eyes beg for music to break their silence and speak for them.

"Who is there to weave their passionate songs, if I sit on the shore of life and contemplate death and the beyond?

"The early evening star disappears.

"The glow of a funeral pyre slowly dies by the silent river.

"Jackals cry in chorus from the courtyard of the deserted house in the light of the worn-out moon.

"If some wanderer, leaving home, come here to watch the night and with bowed head listen to the murmur of the darkness, who is there to whisper the secrets of life into his ears if I shutting my doors, should try to free myself from mortal bonds?

"It is a trifle that my hair is turning grey.

"I am ever as young or as old as the youngest and the oldest of this village.

"Some have tears that well up in the daylight, and others tears that are hidden in the gloom.

"They all have need for me, and I have no time to brood over the afterlife.

"I am of an age with each, what matter if my hair turns grey?"

[2] 冰心译诗《第02首》：

"呵，诗人，夜晚渐临；你的头发已经变白。

"在你孤寂的沉思中听到了来生的消息么？"

"是夜晚了。"诗人说，"夜虽已晚，我还在静听，因为也许有人会从村中呼唤。

"我看守着，是否有年轻的飘游的心聚在一起，两对渴望的眼睛切求有音乐来打破他们的沉默，并替他们说话。

"如果我坐在生命的岸边默想着死亡和来世，又有谁来编写他们的热情的诗歌呢？

"早现的晚星消隐了。

"火葬灰中的红光在沉静的河边慢慢地熄灭下去。

"残月的微光下，胡狼从空宅的庭院里齐声噪叫。

"假如有游子们离了家，到这里来守夜，低头静听黑暗的微语，有谁把生命的秘密向他耳边低诉呢，如果我关起门户，企图摆脱世俗的牵缠？

"我的头发变白是一件小事。

"我是永远和这村里最年轻的人一样年轻，最年老的人一样年老。

"有的人发出甜柔单纯的微笑，有的人眼里含着狡狯的闪光。

"他们都需要我，我没有时间去冥想来生。

"我和每一个人都是同年的，我的头发变白了又该怎样呢？"

第03首

破阵子·海货空捞

（2021年元月17日初稿，2月15日修改）

网撒微波碧海，捞来异色殊珍。身似曙光晴灿烂，面若姑娘待嫁新，闪衔辞泪亲。

妻坐园撕花瓣，眼斜海货无神。我愧低头尴尬立，连夜抛街赠旅人，远行分苦辛。

【张馨笺注】

[1] 泰戈尔原诗《No.03》：

In the morning I cast my net into the sea.

I dragged up from the dark abyss things of strange aspect and strange beauty——some shone like a smile, some glistened like tears, and some were flushed like the cheeks of a bride.

When with the day's burden I went home, my love was sitting in the garden idly tearing the leaves of a flower.

I hesitated for a moment, and then placed at her feet all that I had dragged up, and stood silent.

She glanced at them and said, "What strange things are these? I know not of what use they are!"

I bowed my head in shame and thought, "I have not fought for these, I did not buy them in the market; they are not fit gifts for her."

Then the whole night through I flung them one by one into the street.

In the morning travellers came; they picked them up and carried them into far countries.

［2］冰心译诗《第03首》：

早晨我把网撒在海里。

我从沉黑的深渊拉出奇形奇美的东西——有些微笑般地发亮，有些眼泪般地闪光，有的晕红得像新娘的双颊。

当我携带着这一天的担负回到家里的时候，我爱正坐在园里悠闲地扯着花叶。

我沉吟了一会，就把我捞得的一切放在她的脚前，沉默地站着。

她瞥了一眼说："这是些什么怪东西？我不知道这些东西有什么用处！"

我羞愧得低了头，心想："我并没有为这些东西去奋斗，也不是从市场里买来的；这不是一些配送给她的礼物。"

整夜的工夫我把这些东西一件一件地丢到街上。

早晨行路的人来了；他们把这些拾起带到远方去了。

第 04 首

绮罗香·共享美好

（2021年元月19日初稿，2月15日修改）

　　十里河堤，三湾林树，好景路旁房筑。满载帆船，就近碇泊桅矗。稳抛锚，上岸悠游，昼连夜，足音荟屋。似曾相识自远方，悦乎招手待人熟。

　　长途谁问倦独？难见浇愁浊酒，飘零江逐。此处繁华，钟响曙风泉瀑。可提篮，采撷鲜花。午锣动，流连篱菊。许沉沉黑夜开门，客来同梦宿。

【张馨笺注】

[1] 泰戈尔原诗《No.04》：

Ah me, why did they build my house by the road to the market town?

They moor their laden boats near my trees.

They come and go and wander at their will.

I sit and watch them; my time wears on.

Turn them away I cannot. And thus my days pass by.

Night and day their steps sound by my door.

Vainly I cry, "I do not know you."

Some of them are known to my fingers, some to my nostrils, the blood in my veins seems to know them, and some are known to my dreams.

Turn them away I cannot. I call them and say, "Come to my house whoever chooses. Yes, come."

In the morning the bell rings in the temple.

They came with baskets in their hands.

Their feet are rosy-red. The early light of dawn is on their faces.

Turn them away I cannot. I call them and I say, "Come to my garden to gather flowers. Come hither."

In the mid-day the gong sounds at the palace gate.

I know not why they leave their work and linger near my hedge.

The flowers in their hair are pale and faded; the notes are languid in their flutes.

Turn them away I cannot. I call them and say, "The shade is cool under my trees. Come, friends."

At night the crickets chirp in the woods.

Who is it that comes slowly to my door and gently knocks?

I vaguely see the face, not a word is spoken, the stillness of the sky is all around.

Turn away my silent guest I cannot. I look at the face through the dark, and hours of dreams pass by.

[2] 冰心译诗《第04首》：

我真烦，为什么他们把我的房子盖在通向市镇的路边呢？

他们把满载的船只拴在我的树上。

他们任意地来去游逛。

我坐着看看他们，光阴都消磨了。

我不能回绝他们。这样我的日子便过去了。

日日夜夜他们的足音在我门前震荡。

我徒然地叫道："我不认识你们。"

有些人是我的手指所认识的，有些人是我的鼻官所认识的，我脉管中的血液似乎认得他们，有些人是我的魂梦所认识的。

我不能回绝他们。我呼唤他们说："谁愿意到我房子里来就请来吧。对了，来吧。"

清晨，庙里的钟声敲起。

他们提着筐子来了。

他们的脚像玫瑰般红。熹微的晨光照在他们脸上。

我不能回绝他们。我呼唤他们说："到我园里来采花吧。到这里来吧。"

中午，锣声在庙殿门前敲起。

我不知道他们为什么放下工作在我篱畔流连。

他们发上的花朵已经褪色枯萎了，他们横笛里的音调也显得乏倦。

我不能回绝他们。我呼唤他们说："我的树荫下是凉爽的。来吧，朋友们。"

夜里蟋蟀在林中唧唧地叫。

是谁慢慢地来到我的门前轻轻地敲叩？

我模糊地看到他的脸，他一句话也没说，四围是天空的静默。

我不能回绝我的沉默的客人。我从黑暗中望着他的脸，梦幻的时间过去了。

第三辑 其他成员诗词选注 183

第 05 首

青玉案·渴望远方

（2021年元月22日初稿，2月15日修改）

不宁心绪开窗户，但热望，远方去。海角茫茫谁与度？欲飞无翅，欲行无路，剩有空思处。

痛头顾虑凭栏暮，异客难题短长句。倘问焦灼烧几许？久关门扇，满心如堵，眼泪流如雨。

【张馨笺注】

[1] 泰戈尔原诗《No.05》：

I am restless. I am athirst for faraway things.

My soul goes out in a longing to touch the skirt of the dim distance.

O Great Beyond, O the keen call of thy flute!

I forget, I ever forget, that I have no wings to fly, that I am bound in this spot evermore.

I am eager and wakeful, I am a stranger in a strange land.

Thy breath comes to me whispering an impossible hope.

Thy tongue is known to my heart as its very own.

O Far-to-seek, O the keen call of thy flute!

I forget, I ever forget, that I know not the way, that I have not the winged horse.

I am listless, I am a wanderer in my heart.

In the sunny haze of the languid hours, what vast vision of thine takes shape in the blue of the sky!

O Farthest end, O the keen call of thy flute!

I forget, I ever forget, that the gates are shut everywhere in the house where I dwell alone!

［2］冰心译诗《第05首》:

我心绪不宁。我渴望着遥远的事物。

我的灵魂在极想中走出,要去摸触幽暗的远处的边缘。

呵,"伟大的来生",呵,你笛声的高亢的呼唤!

我忘却了,我总是忘却了,我没有奋飞的翅翼,我永远在这地点系住。我切望而又清醒,我是一个异乡的异客。

我切望而又清醒,我是一个异乡的异客。

你的气息向我低语出一个不可能的希望。

我的心懂得你的语言,就像它懂得自己的语言一样。

呵,"遥远的寻求",呵,你笛声的高亢的呼唤!

我忘却了,我总是忘却了,我不认得路,我也没有生翼的马。

我心绪不宁,我是自己心中的流浪者。

在疲倦时光的日霭中,你广大的幻象在天空的蔚蓝中显现!

呵,"最远的尽头",呵,你笛声的高亢的呼唤!

我忘却了,我总是忘却了,在我独居的房子里,所有的门户都是紧闭的!

跋语：家族文化诗赋传承

彭 瑛

认识张馨，是在网络诗坛上，我俩以网结缘，言谈之下，方知同年，因诗知心，彼此交契。今张馨之子张湘平编著的《望湘津客家族诗词选注》付梓在即，不嫌余之质陋，嘱余为跋，余欣然允之。

张馨，其先辈，世代务农，至张馨出，品学皆优，考入大学，进入城市，于是发迹，日见飞黄。其子张湘平，又能继续父志，学而优则仕。自此，一门尊荣。父子公干之余，犹爱砚田之乐，操觚染翰，勤勉吟咏，故烟云满纸。

张馨、张湘平父子显达之后，重视文化传承，力主家族文化建设。为使自己的事业，在其家族、在后代中发扬光大，特以诗词的形式留下些雪泥鸿爪，以启迪子孙后代发奋、自励，是为出版《望湘津客家族诗词选注》的初衷。

在文学上，张馨能小说，可诗词，善书法，系河北省作家协会会员、中国散文学会会员、中华诗词学会会员。诸多才技集于一身，可谓多能。

在科技上，张馨系矿业工程高级工程师，隧道与地下工程教授级高级工程师（正高），国务院政府特殊津贴隧道、爆破专家。2000年被评为全国劳动模范，2007年评为全国科学技术奖技术创新先进个人，2015年评为天津市发明家。获国家授权发明专利和实用新型专利50余项，获国际发明专利20多项。毫不夸张地说，张馨是一个不折不扣的科学家，发明家。其成就之斐然，令人侧目，令人景仰，令人敬服。

闲言至此，言归正传，张湘平今以《望湘津客家族诗词选注》结集，余细读再三，感慨良多。其旅游、田园、怀旧、思乡、咏人、写物、叙怀、纪事，各种题材，应有尽有。其诗风平正宽和，清亮爽朗。长于七绝，其绝句，有的意象高远，有的气局阔大，可圈可点处甚多，不一而足。

下面，笔者甄选张馨父子精采绝句数首，可证其吟咏吐珠。

如张馨《园丁颂》："青春粉笔共消磨，历尽风霜雪雨多。依旧心胸宽似海，春风荡起万重波。"诗写其师从教生涯，将其师之艰辛写得庄重、稳妥，颇为形象得体，转句状写其师心境达观，再用景语作为结束。情景互现，可谓诗之一法。

又如张馨《八月四日乘车至广元》："津门酷暑比蒸锅，入陕孤寒意绪多。人事更如时序变，炎凉百感奈他何。"起句比拟恰当，次句身感体会，有意在言外之意，转句触悟，合句为处人处世之无奈。言简意赅，意思完备，又余味可嚼。

又如《咏竹示儿》："十年光景快如梭，莫放人生苟且过。笋长一年材可用，书攻万卷不为多。"此诗明白如话，用语简朴直实，虽不富艳精工，但饱含人生哲理，有理有据，耐人寻味。亦有教化意义。

再看张湘平《除夕致新疆河尾滩边防哨所》："谁家今夜未逢新，游子归来洗路尘。我敬高原河尾哨，终年雪域不知春。"此诗状写高原边防战士守卫边地，终日与白雪为伍，在艰苦的环境里，不知人间尚有春天。词笔精练，手法老到。既有写实，又有对比，还有感叹，转结犹佳。

又如张湘平《铁路建设工地望月》："铁路平铺到四方，亲人万里似同乡。山中新月邀人近，看客连心共酒觞。"这是一首思乡诗，也是一首工地生活诗，叙写作者在外工作，亲人虽遥隔万里，有家暂不能回，仰望中天新月，似在观看地面上万里之隔的亲人，均在杯饮，心均在想着对方。此诗平和凝重，叙事清晰，语句通畅，深得绝句之法。

张馨、张湘平父子皆勤于公务，在各自事业中俱取得可观的成就，诗词写作乃其余事。阅读整集，直觉父子二人均长于绝句。二人诗特点是词章明晰，意象空灵，寓意深远。但有的诗也有过于直白，用意不深，题材不够广泛之敝。希望作者日后加以改进和深化。

聊写数语，特与张馨、张湘平父子共勉。

2021 年 8 月 18 日于洗心斋

【注　释】

彭瑛，1968 年生，湖南湘潭市人。自号洗心斋主人、食霞道人等。吴门诗社副社长，湖南省诗词研究院研究员，湘潭市企事业文联理事、湘潭市书法家协会会员。吴门诗社和天鼎诗社创建人之一。曾主编《吴门诗社年刊》《天鼎诗词》《海汇诗词》、《当代词粹》等。现任中华诗词论坛天鼎诗社首席版主。曾任中华诗词论坛铜雀台诗社顾问。《华美诗联》顾问。曾主编《天鼎诗词》《海汇诗词》《雨湖吟苑》《岳塘诗联》《霞峰诗联》《霞光之声》《雨湖吟苑》等。编著有《清人七律一千首》《唐人七律一千首》《南社七律一千首》《明代七律一千首》《唐人五律一千首》《清人五律一千首》《清人绝句一千首》《元代散曲一千首》《北宋词一千首》《彭氏诗征》。与他人合著有《秋瑾诗词思想艺术探析》。

后记：传承美好家风建设家庭文化

张湘平

家庭是社会的基本细胞，是连接个体和社会的重要纽带，同时家风建设既是培育和传承中华传统美德的重要方式，也是弘扬和践行社会主义核心价值观的重要手段。

提到家风培育，我就时常会想到父亲张馨先生曾经常提到的一句话："忠厚传家久，读书继世长。"的确，这句话字字珠玑，是中国人千百年来家庭建设智慧的总结。如果我们去研读西方教育学和心理学理论，就会发现，这些理论观点与这句话的主题完全吻合。古往今来，从文人墨客到达官显贵的持家以及教育子女的理念上也能找到这句话的佐证。忠厚人家，书香门第，总是孕育美好人才的摇篮。

晚清名臣曾国藩一生奉行主张凡事要勤俭，不可为官自傲。他修身律己，礼治为先，以忠谋政，在官场上获得了巨大的成功。在持家教子方面，曾国藩主张勤俭持家，努力治学，睦邻友好，读书明理。他在家书中希望后代兢兢业业，不忘读书耕种。他常对子女说，门第太盛则会出事端，主张不把财产留给子孙，子孙不肖留亦无用，子孙图强，也不愁没饭吃。这就是他所谓的盈虚消长的道理。

对我们这样千千万万的普通家庭来说，正如百花齐放的文化是多样性的，影响我们数以亿计的中华儿女成长的中国式家风家教也应该是多样性的，其根本都是我们民族的品德精髓——做人、做事。不管每个家庭的境况如何，每个父母教育子女的方式如何，长辈们都会要求子女首先做一个善良的人，品德优秀的人，勤劳简朴的人。因此，每个家庭都有自己优质家庭文化建设的准则，父母的一个小小的典范言行，都可能会影响子女的一生。所以，我想在这本《望湘津客家族诗词选注》中通过诗教尽可能展现家庭中几代人共建优秀家庭文化的点点滴滴。

在我的记忆中，父亲张馨先生不仅注重对我的学业教育，更重视家教和文化的培养。他会从多个方面阐述家庭文化建设的重要性，家道、家训、家教、家风的概念解读得清清楚楚、明明白白。他把这些年学习的心得和感悟，以及自己的总结通过诗词艺术方式表达和传承下来。

自记事以来，长辈们都有一种宅心仁厚、一心为民的公德心，而这无异于是最好的家庭文化。祖辈们从青少年时期起就致力于续上中华文化的基因，一生传承文明，教化众生，钻研技术，推敲诗词，不也是给孩子们最好的身教吗？多年后，搬到天津居住的父亲，自号望湘津客，无所畏惧地在技术方面不断创新，获得了几十项发明专利，还成为了全国劳动模范。他也曾在多处工程建设中遍揽大好河山，品味和发扬中华文化，利用业余时间创作诗歌无数，他说这些都是受爷爷的影响。自爷爷去世后，父亲默默地接过爷爷肩上的担子，全力、全身心地在业余时间建设家族文化，帮助几位叔叔和姑姑以及他们家的孩子，希望能把中华文化的种子种进后辈们的心中。

父辈们还关注到我国的教育现状，他看到当前我们的家庭教育、学校教育和社会教育没能很好衔接，教育不同步，受伤的是孩子。尤其是80后90后的父母，他们面对各种压力，生活焦虑忙碌。而当前我们教育的发展又远远跟不上时代的发展，跟不上社会的改革和进步，多元的社会需要多元化的教育。他提出家庭教育是学校教育和社会教育的基础，孩子在家学"礼"，出门学"法"。父亲曾经告诉我，教育重点是教你如何的思考，而不是思想。思想是已经完成的概念，不需要人教，任何人都可以去获取。而思考是拓展一个人的眼界，不局限在现有的思维中，能开创一个全新的角度去诠释既有的现象或者解决问题。父亲指出家庭教育对个人的成长有很大的模范作用，父母的言行举止是孩子第一个模仿成长的对象，如果父母的价值观不符合社会的价值需要，那么这个家庭成长出来的子女将会与社会的需求格格不入。

在我的印象中，从小到大父亲都在告诉我，"家"永远都是一个孩子从小到大上的"第一所学校"。首先，他告诉了我中国传统文化"家"的概念，他指出中华文化讲的"家"，自古以来强调承担责任，修身齐家治国平天下，在齐家和治国中间，就有一个社会的责任。

其次，他分析了家庭文化的传承，就是要建立一个正确的意识形态，就是家风、家教以及家训问题。家训开启家风，家道需要家教。父母教育子女要讲一个规矩，这个规矩就是"礼"，就是懂得接人待物的礼，如何做人。

其三，他讲述了先辈们对后辈的谆谆教诲和叮嘱，他自己是经过《三字经》《诗经》《千字文》《幼学琼林》和《古文观止》的启蒙。父亲教孩子们读经，要求孩子们读书必须"五到"——眼到、手到、口到、耳到、心到。

最后他讲述对中华传统文化的理解。他认为，文化就是生活。可是文化在我们中国人的观念里，应该是体、相、用三层。我们一般都是看到别人的"相"，还有他的"用"，未必知道其真实心理想法。而目前西方人在"相"和"用"上面做得比我们好，所以我们会引进西方的文化。其实我们每一个民族大家的思考和智慧都是追求一样的了解，没有多少差异。中国文化思考的根源是智慧的，我们取个名字把它叫做"道"。几乎每一个教育家都是在做"授业、传道"的工作。家庭教育也如此，所以家道靠家教去传承。

我们的民族，就是众多先辈用无声的行为来形成自己的教育方式和良好的家风。如果我们每个人都能从父母长辈身上感悟到他们的优秀品德、良好习惯和做人、做事的态度，把更多更广泛的传统美德、文化、家风、家教传承和传播开来，那么我们的民族，我们的未来，必将呈现伟大复兴，出现高度的社会文明和经济繁荣。

让我们始终相信善良，不改初心，永不放弃，在苦难中坚持，在逆境中展望，在顺境中稳健，一户户人家一代代相传，把民族的精神融入到家风家教中，好家风汇成好国风，好家教汇成好国格。千家万户都好，国家才能好，民族才能好。

2021年10月28日于天津海河教育园